考えの整頓《とん》

佐藤雅彦

暮しの手帖社

考えの整頓

まえがき

日常には、無尽蔵と言っても良い位の
不可解な事が潜んでいます。
私たちは、それらを気にしないことで、うまく生活ができ、
時間の流れにも振り落とされずに
ついて行くことができているとも言えます。

しかし、私は二カ月に一度来る締め切りを契機として、
その日常という混沌の渦の中に
見え隠れしている不可解さ、特に〝新種の不可解さ〟を取り出し、
書くという事で整頓してみようと思いました。

すると、そこには時として、ものごとを成立させている原理が
静影のように横たわっていることがありました。

ここに収められている二十七篇の文章は、
雑誌・暮しの手帖に、２００７年1月から
２０１１年5月まで連載した「考えの整とん」に、
多少の筆を加えたものです。
時期により、関心の対象に偏りが見られますが、
並びには、あまり手を加えず、
ほぼ掲載順のままにしました。

佐藤雅彦

考えの整頓　目次

「たくらみ」の共有

「たくらみ」の共有

ある日曜の夜のことであった。

その日は、大学に提出する書類の締め切りがあり、夕方から事務所に出ていた。

厄介な懸案事項がひとつ片付き、ほっと一息のつもりで、何気なくテレビをつけると、NHKの大河ドラマが始まっていた。どうやら、山内一豊が主人公らしい。BSの再放送だったから、10時頃のことだったろう。実はここ数年、日曜の夜は大抵仕事になることが多く、テレビはほとんど見ていない。その時も特に見るつもりはなく、ニュースでも、と気分転換でつけただけである。いつもなら機械的にカチッカチッとチャンネルを変え、一周して消すという束の間の休息の予定であった。ましてや連続ものの大河ドラマである。普段の自分ならひっかかるはずもない。ところが、見たのである。なぜかその回だけ最後まで見たのである。

もちろん、登場人物の名前や役柄（例えば、どんな位《くらい》なのか、どういう立場なのか）、これまでの流れなどまったく知らない白紙のような状態なのに、最後まで食い入るように見たのである。

番組が終わった瞬間、まるまる夢中で付き合ってしまったことに驚き、それが、連続ものの中途の一話だったことに少し呆れてしまった。しかも、それ以後、その大河ドラマは見てはいない。単発で見ても、面白いように構成されているという真っ当な理由も確かにあるとは思うが、あの時の自分の入り方は、そんな理由だけでは納得がいかないほどであった。家来の名前など最後まで曖昧なまま、じっとテレビに見入っていたのである。

あまりに不思議に思い、その数十分の間に自分の内に起こったことを回想してみた。そして、ある理由に辿り着いた。

テレビをつけた時、番組は既に始まっていて、主人公に仕えるひとりの家来が、ある謀《はかりごと》をその殿様や他の家臣達にとくとくと説明しているところであった。

その謀の内容は、敢えてここでは記さないが、奇策と言われてもいい計画であった。はらはらするような策であった。そして、私はそれを一度耳にしたからには、どうしても最後までその計画がどうなるのか見届けざるを得なくなった。つまり、謀を話されたことで、あたかも私もその一味に加えられたかのようだったのである。

「謀」つまり企《たくら》みが、一体感を生むこの独特の感じは、何か他にも自分の『記憶の棚』のどこかにもあった気がして、内省し、探索してみた。すると、果たしてあるひとつの出来事が見つかった。

中学生の時の事である。父兄参観日の前日のホームルームでこんな意見が出た。

「先生、明日、これわかる人って問題だすの、やめてほしい。俺、絶対手を挙げられないから、母親が恥をかく」

それに対して、先生は、ちょっと考え込んで、こんな策を提案した。

「じゃあ、わからなくてもわかっても手を挙げろ、ただし本当にわかる人はパーを、わからない人はグーをだせ」

かくして、父兄や見廻りの校長・教頭が目を見張るほどの活気あるクラスが当日できあがった。そこで父兄が見たものは、なぜか、いきいきとした楽しいクラスの様子だったと思う。先生の機智に富んだ企みの下、私たちは何か愉快だった。答えがわかる者もわからぬ者も平等に愉快だった。あの一体感は幸せに溢れるものだった。いつもは、授業に斜に構えて臨む不良も思いきり手を挙げた。

現代は、携帯電話やテレビの一人一台化、TwitterやSNSなどの個人的な情報発信に代表されるように、個と情報の在り方が従来と大きく変化してきている。個人というものを過度にちやほやしている嫌いがあるのではないだろうかと感じる程である。言ってみれば、『個の偏重』社会である。それに伴い、「自分」という意識の肥大化が生まれ、地域全体、日本全体という意識が希薄になっているのではないだろうか。つまり、「みんなでひとつの社会を作り上げていく一体感」が乏しくなってきていると感じてしまうのである。

論理が飛ぶように思えるかも知れないが、私には自殺率の高さや国際競争力の低下などの原因の一端もそこにある気がしてならない。

私は、まず身近なところから、この思わずほくそ笑んでしまう楽しい「たくらみの共有」を試してみようと思う。失われた一体感を取り戻す術として。

敵か味方か

敵か味方か

先月、あるシンポジウムがあった。私は、そのシンポジウムには講演者として参加したのだが、専門家だけでなく一般の方も会場には数多く見られ、盛会であった。シンポジウムの後にティーパーティーがあり、参加者同士での意見の交換が行われたのだが、みんなとても熱心で、1本しかないマイクが次々と意見を言いたい人の手に渡り、そのたびに新鮮な発言が出て、私はそれに聴き入っていた。

ある年配の紳士が、熱弁をふるっている最中のことである。私は、80歳は超えているだろう痩身のその方をじっと見ていた。そんな時、横から「あの、すいません……」と話しかけてきた女性がいた。見ると、眼鏡をかけた40代前半の女性で、隣にはそっくりの女の子もいた。他の方の発言の最中であり、私は、たぶん、迷惑かつ不審そうにその方を見返したのだと思う、その女性は、自分は怪しいものではないということを示すために早口で、こう言った。

「佐藤先生、私、先生が教育実習に来た時の中学の生徒です」

もう30年も前になるが、東京・中野にある中高一貫校へ教育実習に行き、数学を教えたことがある。その時の生徒だった。老紳士の発言が終わるのを潮に、二人を廊下に続くロビーに案内した。

「そうでしたか、M先生やN先生はお元気でしょうか」などと昔の話をしつつ、その女性の顔を何度も見て、遠い記憶を呼び起こそうとするのだが、30年も前の事、相手は中学一年生だったのだ、簡単に思い出せるはずもない。お子さんの胸に名札が付いているのを見て、いまの名字はわかったが、当時の名字は何だったか。尋ねて教えてもらっても、やはり何も思い出せない。他の生徒たちの名前は意外とすらすら出てきて、水泳部のHさんは？　Tさんは医学部に行ったの？など質問するうちに、その方の目の動かし方とか何気ない表情にほんの少し、「何か」を感じてきた自分がいた。それでも、どんな生徒だったのか、浮かばない。

その後、私の著書を持ってきてくれたその方にサインを求められ、普段なら、そんな場では断るのだが、いきさつからすることとし、その時、○○さんへ、という宛名を書くために下の名前も聞いた。それでも、まだ思い出せない。

だが、思い出せないながらも、何か、その当時、その方に関係する特別な何かがあったのではないかと思わせるようなイメージが、霧の向こう側に現れては、掴もうとするとふわっと消えてしまうような感触があった。

会場に戻るために、挨拶をし、もう少しで思い出せたかもしれないなあ、と思うと同時に、実は思い出せないことを、あまり残念がっている気持ちが自分の中に無いことに気づいた。それは本当に妙な心持ちであったが、すぐたくさんの人の名刺交換や意見交換の渦に巻き込まれて、その思いも消えてしまった。

そして、本当は、思い出せないのではなく、思い出したくない、というのが自分の奥底にじっと潜んでいた気持ちだったと分かったのは、それから2時間後、ひとりになれた帰りのタクシーの中であった。

この続きを書くには、もうひとつ、別の話をしなければならない。

それは、4年前のことである。雨がひどく降っていたある寒い日のこと、私は、びしょびしょになった傘を持って地下鉄の車両に乗り込んだ。寒いのにむっとする車内は混んでいて、立っている人も座っている人も、みな憂鬱そうにうつむき加減であった。つり革に片手を預けていた私はふと、ずっと右手遠くに何となく知っている顔を見つけた。私は、車両の真ん中あたりに乗っていて、その人は車両の一番端に座っていた。他のどの乗客より、その方は疲れている風

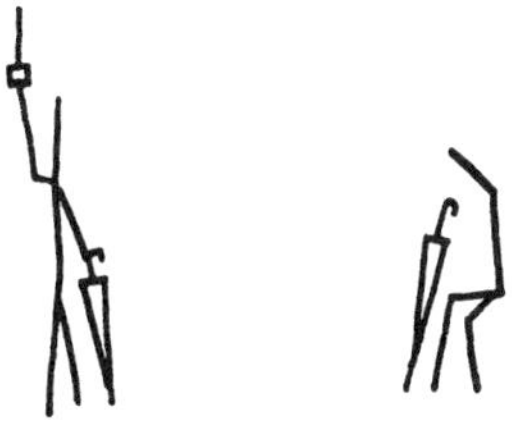

でうつむき方もひどいものであった。今、思うと、そんな下向き加減の顔をよく見つけたものだと思う（目の端に見知った人を見つけた時の反応は、かなり強いのであろう）。そして、見つけた理由は他にもある、私は、その人を見つけると同時に何か、ちょっとうれしさを感じていた。そのうれしさ故にほんの少しだけ目の隅に入ったのを逃《のが》さなかったのである。しかし、驚くことに、実は私には、その人が誰なのか分からなかった。分かったのは、その人が自分にとって、なにやら少しうれしい人である、という曖昧な印象だけであった。その後、その人が誰なのか分かったのは、数駅を経て、私が電車を降り、電車がホームを動き出し、窓越しにその人の背中が目の前を通り過ぎた時であった。その時も、その方は背を曲げて、手にした傘に額をつけるように座っていた。やっと思い出したその方は、ある出版社の方で、私を担当してくれた編集者の上司に当たり、かなり前に二度ほど、お会いしたことがあった。

そんなうちしおれた様子の人を見ても、うれしいというか安心というか、そのような感じを持ったのには、実は理由があった。以前お会いした際、その方は、やはり同席していたその出版社の偉い人に抗し、私の本の装幀について、ある建設的な意見を主張したのである。私は、その一回の打ち合わせで、無意識の内にその人を自分の「味方」と位置させたのである。

人間というか生物にとって、山奥や戦場で突然出くわした見知らぬもののどんな情報を一番得たいか。それは、簡単である。真っ先に得たいのは、相手の所属でもないし、正確な名前でもない。ひとつだけ知りたいとしたら、ただ、その相手が「敵か味方か」である。例えば、山でいきなり生き物が目の前に現れたとする、その時、我々は、その動物の名前がツキノワグマかアオダイショウか、哺乳類か爬虫類か、なんてどうでもいい、とにかく、敵か、そうでないかを見極めたいのである。

私が、ひどい雨の日に地下鉄で偶然見かけたその人は、事務的な短い打ち合わせでしか会っていない故か情報が乏しかった。でも、かろうじて覚えていたのは「味方」ということだった。会社名や名前より「味方」であることがピンときたのである。それが、最重要なデータだったのだ。命を狙う野生の動物がうようよいた原始時代だけではなく、この現代においても、この感覚は生きていたのである。

話を、最初のシンポジウムの会場から帰るタクシーの中に戻そう。

私は、サインする時に聞いたその女性の名前をひとつの手がかりに、さらにその方のことを思い出せないのを残念に思わない自分の妙な気持ちをもうひとつの手がかりに、必死に自分の奥底にある記憶を探索した。そして、30年前の教育実習の教室で起こった、ささいな事を思い出した。その彼女は、頭のいい中学生に時折あることであるが、私の行動の何かに対して、冷ややかなまなざしと辛辣な皮肉を浴びせたことがあったような印象がかすかに蘇ってきた。それが何に対しての非難なのかは、それこそ思い出せない。授業中、同じ子ばかりを先生はあてるといったような取るに足らないことかもしれないし、ここまで思わせるのだから、もっと痛いところをずぶりと突くような怖い存在だったのかもしれない。正確には分からないが、確かなのは、批判的な態度を見せた彼女を、私は無意識の内に「味方でない」カテゴリーに勝手に入れてしまっていて、その名残が30年経った今も残っていたということである。自分の内のこととは言え、申し訳ないことをした。

私たちは、野生から一番遠くの文明社会に住んでいるように見える。しかし、私たちの内にある、生存のためのプログラムは、思わぬ野生を含んでいて、しかもそれが立派に機能し、現実というジャングルを無事過ごすことを可能にしてくれている。自分の内の仕組みが少し分かった私は、今度、その女性に会ったその時には、希有な再会とお互いの健康と存命を心から喜び合うことができるだろう。大人びた中学生だった時の彼女も、今のお母さんとしての彼女もひっくるめて、私は自分の人生において接することのできた有り難い人として、これからは心の中に置いておくだろう。

おまわりさん10人に聞きました

葉書よりも、ふた回りほど大きい紙をぴんとしたまま、常に持ち歩かなくてはならなくなったとしたら、皆さんはどのような工夫をするでしょうか。最近は、クリアファイルという便利なものがあるので、それに挟んで持ち歩く、という答えが一番多いかもしれません。でもそこに、『いつも両手が使えるように、身軽な状態にしておかなくてはならない』という条件を追加したら、どうでしょう。大きさ的にはポケットに入らないし、普通ならもうお手上げかもしれません。そもそものっけから、こんな訳のわからない質問をいきなりされても困ると呆れているかもしれません。実は、唐突にこんな意味不明の質問をするのには、理由があるのです。それを説明する上で、私が先日、代々木公園の近くの路上で見かけたちょっと珍しい光景から報告したいと思います。

その日は、ある映像の編集作業があり渋谷はＮＨＫの近くのスタジオに行っていました。思ったより、編集が早く終わり、スタジオを出たのは午後5時を少しまわった頃でした。代々木公園の桜はすべて散ってしまい、つつじの花には未だという時期です。作業を終えた安堵も手伝って、いつもは遠く感じる地下鉄の駅までの道は心地よく感じられました。ほんの少しだけ芯に冷たさがある4月の風、傾いてはいるけれどまだ明るい日差し、世の中すべては順調に動き出しているかのような春のざわめき。地下鉄の駅までもう一息という大きな交差点を渡ろうとしたら、ちょうど赤信号に変わり、タイミング悪く待たされることになりました。まあいい、今日はいつもより早く終わったのだから……。余裕の私は、ふと、対角線上の四つ角を見ました。そこではちょうど自転車に乗ってやってきたおまわりさんが、一人のご婦人に呼び止められていました。そのご婦人は、手に小さな紙を持っており、遠目にもそれが地図であること、おまわりさんに道を尋ねようとしていることが窺い知れます。赤信号の間、待つより何もすることもないので、私はその二人の様子を見るとは無しに見ていました。初めは、その婦人の持っていた小さな地図を二人で額を突き合わせるように覗き込んでいましたが、どうにもその小ささではわかりにくいのか難渋していました。おまわりさんは、自転車にまたがったままいるのは不自由らしく、自転車を降り、後部車輪のスタンドを立て、両手が使える状態にして、その地図をもう一度引き受け、じっと見入りましたが、その小さな地図を諦め、婦人に返してしまいました。その頃には私も信号をふたつ渡り終え、もう二人の近くに来ていました。

その時です。何を思ったか、おまわりさんはやおら帽子を脱いだのです。あの警官特有の天面が平らな堅い帽子です。脱いだあとには思ったより随分若いおまわりさんが現れ、初々しさを感じました。私は何が始まるのか、立ち去ることができなくなり、そっと立ち止まりました。

そして、おまわりさんは脱いだ帽子の内側をごそごそとやり、そこからなんと葉書よりふた回りほど大きい長四角の紙を取り出したのです。その紙はきれいに折りたたまれて、端も曲がってはいません。広げると新聞紙くらいの大きさになり、私は、思わず「地図だ！」と声を出しそうになりました。おまわりさんは慣れた手つきでその大きめの地図を指さし、そのご婦人に道順を教えたのです。そうか、と私は思いました。地域の地図を常備していないといけない見廻りのおまわりさんの全身のなかで、すぐに取り出せ、最も平らで広いところと言えば、あの帽子の中なのだ、あの特徴的なかっちりした天面こそ、地図にとって最適なしまい場所なのである、と。

ご婦人が礼を言い、歩き出したタイミングで私はそのおまわりさんに恐る恐る近づきました。おまわりさんは地図をたたみ、帽子に戻すところでした。

「あのう、つかぬ事をお伺いしますが……」

「はい、何でしょうか」

「あの、その地図はいつもその帽子の中に入れているんですか」

「はあ……」

一体何を聞きたいのか不明な様子のおまわりさんに、さらに私は質問を続けました。

「他の警官の方も皆さんそうなんですか？」

かなりの間があったが、そのおまわりさんはぽつりと答えてくれた。

「ひとによります……」

そろそろ退散の時期だなと感じ、変な質問をしたことのお詫びを言い、私は地下鉄の駅に向かいました。しかし私には、「ひとによります……」と言われた瞬間、とんでもない好奇心が湧いてきたのです。それが、タイトルの『おまわりさん10人に聞きました』なのです。


大学の近くの横浜のおまわりさんもそうなのか、家の近所のおまわりさんもそうなのか、実家のある静岡のおまわりさんもそうなのか。

以下、私がこの1カ月間に遭遇した人のよさそうなおまわりさんに「帽子に地図を入れているかどうか」の質問をした結果を表にして示します。サンプル数は極めて少ないので、一般論にはなりませんが、なんと約3割のおまわりさんがそうしていたのです。そして私はおまわりさんひとりひとりと話をするたびに、とても嬉しくなっていったのでした。私が話したおまわりさんはひとりを除いて全員、それぞれの工夫で地図を携帯していました。

	取 材 地	年 齢	地図の保管場所
1	渋谷区 代々木公園	20 代	○ 帽子派
2	文京区 護国寺前	50 代	内ポケット派
3	中央区 築地本願寺前	50 代	内ポケット派 (若い時、帽子派)
4	中央区 小田原町交番	40 代	外ポケット派
5	中央区 小田原町交番	40 代	○ 帽子派
6	港区 赤坂見附	30 代	防弾チョッキの中
7	中央区 築地市場	20 代	○ 帽子派
8	横浜市 馬車道近く	20 代	持たない (担当地区が狭いため)
9	豊島区 目白	30 代	防弾チョッキの中
10	千代田区 二重橋	50 代	△ 繁華街見廻時のみ帽子派

担当の地区が長いベテランの方は、薄っぺらい分かりやすい地図をたたんで胸ポケットにしまっていたり、交通の多い繁華街のおまわりさんは、自腹で購入したという小型の地図帳を防弾チョッキの内側に入れていたり、またある方は、いつも携帯している手帳のあるページに少し大きめの地図を折りたたんで貼っていたり……。そして、みんな同じようなことを言いました。「急に道を尋ねられたり、事故などが起こって、そこに直行しなくてはならない時、私らは知らない、分からないということは言えないのです」

ベテランのおまわりさんほど、地図を入れておく場所として帽子を使ってはいませんでしたが、その方たちも配属当時は道や建物がわからず、大きめの地図を帽子に入れていたということです。そして、警察学校を出て、いきなり不案内なところに配属された新米ほど帽子を使っているなあ、と目を細めて教えてくれたのでした。

冒頭で皆さんに問うた妙な質問はこんな背景があったからなのです。

私は、その人その人なりの創意と工夫が大好きです。人間は、ひとりひとり違った暮らしを持っており、世の中に製品として流通しているモノがいくら多くとも、我々人間の暮らしの多様性を網羅できる訳ではありません。そこに個々人の知恵と工夫が入り込む余地が多く生まれます。その工夫が成功した暁には、程度はどうあれ生活環境や仕事環境がより便利なものに変わるのですが、私が好きなのはその便利さはもとより、それを考えついたり行ったりすること自体が、とても人間的で、暮らしを生き生きさせるということなのです。主婦には主婦の、おまわりさんにはおまわりさんの、学生には学生なりの創意と工夫があり、それに向かっている時、私たちは自分の置かれている状態をとても前向きに捉えているのです。帽子を脱ぎ、そこから地図を取り出した若いおまわりさんを見た時、私はそこに自分の立場への素直な肯定を感じ、とても嬉しくなったのでした。

〜と、オルゴールは思い込み

〜と、オルゴールは思い込み

小さい頃、オルゴールの蓋を開け、あの音色に聴き入った体験はどなたもあるだろう。

ゼンマイの力がだんだん弱くなり、最後の一音が鳴り終わった瞬間の言いようのない淋しさ、そしてギッギッとゼンマイを巻き、また勢いよく奏で始めた時の晴れやかな気持ち……。

昔、私の家にあったオルゴールは、白いプラスチック板でできていて、小さな脚もついており、まるで宝石箱のようであった。そんなオルゴールを巡る記憶の芯には、蓋の蝶番の近くにあった細い針金の存在もある。私は、よく指でそれを押した。子供ながらに、それが蓋の開閉に応じて演奏をｏｎ／ｏｆｆするスイッチであることがよく分かり、聴く時には蓋を開け、止める時には閉めるという、オルゴールと人間との約束を叶えていたそのメカニズムを『腑に落ちる世の中の巧妙さのひとつ』として、頭に刻み込んだ。

そして、オルゴールの内部の働きを止める際の、指先に伝わるほんの小さな針金の震えを、『世の中に存在する独特な感触のひとつ』として心に登録した。

大人となった今、そのことについて思いを巡らすと、さらに次のような考察も生まれる。

『開閉式のオルゴールは、「聴く人がいる／聴く人がいない」という外界の違いを蓋の開閉で判断する機構を持っていて、そのことで「音楽を奏でる／音楽を奏でない」というように自分の状態を遷移することができる。そして、判断する仕組みである小さな針金の突起を指で押されると、蓋が閉まったものと思い込み、音楽を止める』

――なんだか、大人になるということは、難しい語彙《ごい》が増えるだけのことを証明したようにも思える、この考察の唯一面白いところは、「〜と思い込み、」というところである。子供の時、面白くて何度も押したその行為は、オルゴールにしてみれば、その都度、偽の開閉を感知させられていたことになるのだ。そして、子供のいたずら心にも忠実に反応してくれるオルゴールの無垢さは、そのまま機械というものに対しての信頼と愛着を育んでいった。

最近は、多くの機械にコンピュータが内蔵され、外界を感知するのに様々なセンサーが取り付けられているので、オルゴール箱がやっていた『外界の状態に合わせて、自分の状態を変化させる』ということをもっと巧妙にできるようになっている。例えば、缶コーヒーなどの自動販売機は夜遠くからでも煌々としていて目立つ。しかし、昼間っからあんなに明るくしていたのでは、このご時世、非難囂々《ごうごう》であろうが、昼間はちゃんと消えている。それは、光量を感知するセンサーがついていて、まわりが暗くなると明かりが点《つ》く仕組みになっているからである。私の大学の研究室が企画に参加している幼児教育番組の中で、子供に「センサー」というものを教えるために、昼間の明るい日差しの中、自動販売機のセンサー部分に黒テープを貼り、外界からの光を部分的にシャットアウトしたことがある。案の定、その自動販売機は夜が来た「と思い込み、」煌々と明かりを点けたのである。

専門的で難しい言葉になるが、最近の情報科学という分野では、前述のオルゴールや自販機の仕組みを、外部の入力により内部の状態を遷移させる『有限《ゆうげん》状態遷移機械《じょうたいせんいきかい》』という言い方をする。しかし、ここまで書いてきてなんであるが、何も、そんな機械の話をしようとこの文章を始めたのではない。実は、私自身、自分もまた、その「状態遷移機械」であることを思い知らされた出来事を体験したからなのである。

私の事務所の一部屋には、特注のソファーがある。それは、マットの位置を変えると瞬時にベッドになるものである。世の中にソファーベッドは数多《あまた》あれど、うちの事務所のものほど、ベッドには見えず、ベッドとしての機能を果たしているものはないと自負している。寝起きが一番考えごとが進むのと、とかく少なくなりがちな睡眠時間を補うために作ったのである。打ち合わせと打ち合わせの間が1時間でも2時間でも空くと、私は毛布を持ち出し、ごろっとそこに横になる。ソファーの肘掛けは平らな木でできており目覚まし時計をそこに置いて仮眠に入る。

ある夜のことである。時刻にしたら、8時頃だったと思う。次の打ち合わせが10時という遅い時刻からということもあって、そのソファーで仮眠をすることにした。背のマットをはずし、毛布を掛け、目覚ましもセットし、さあ寝ようと横になった。この数年は、メールの発達のおかげで事務所の電話はあまり鳴らない。夕食も済ませ、寝るには好条件がそろっている。

それにしても、天井の蛍光灯がまぶしい。自宅と違ってここは事務所だという公の意識と、スイッチが入口の近くにある面倒臭さで、蛍光灯を消すことまではしないのである。それに、愛用のアイピロー（アイマスクのようなもの）があるので、明るさは完璧に遮られる。まるで、自動販売機を黒テープでだました時と同じ方法である。

その時も、いつものようにそのアイピローを目の上に置き、光が入らないようにして眠りについた。1時間半後、目覚ましが鳴った。私は、もう少し寝ていたい欲求を払いのけるように、あのまぶしい蛍光灯のもとに自分をさらけ出そうと、意を決してアイピローを取った。思わず、瞼を強く閉じた。次の瞬間、真夏の海水浴の時のような容赦無い光が目に飛び込んでくるはずだ。覚悟して、ゆっくり瞼を開けた。しかし、その時、目に入ってきたのは、なんと暗くて静かな部屋の風景であった。

誰か事務所の人間が、私が寝入った後に部屋の蛍光灯を消してくれたのだ。ブラインドが下がった窓には外の街灯が薄暗く映っていた。

しかしその時、私が反射的に感じた気持ちは思わぬものだった。それは、「暗くしてもらって有り難い」というような感謝の気持ちではなく、なんと「損した」という、悔やみにも近い気持ちであった。一体、何を損したというのか。一体、何を悔やむのか。

それは、「外界がずっと明るいままと思い込んで寝てしまっていた気持ち（状態）」であった。もし、部屋が暗いと知っていたら、自分の眠りの状態はもっとリラックスした安らかなものになっていたであろうことが、はっきりと分かったのである。実は、この時までは、アイピローをして遮光すれば、物理的に瞼を通して入ってくる光はない訳だから、蛍光灯を消しているのと同じだと思っていた。自販機が昼間でも夜と判断したのと同じことが自分の内部でも行われていると思っていたのだ。

しかし、アイピローを取った瞬間にまぶしい光ではなく、安らかな暗闇があった時、初めて自分の内部状態が、瞼を透かしての物理的な光の量だけで切り替わるのではなく、アイピローの外の状態の「明るい／暗い」という知見に大きく左右され、切り替わっていたことに気付いたのである。オルゴールの図式に当てはめてみると、あの夜、私は、外界を明るいもの「と思い込み、」少しストレスを感じる内部状態で寝ていたのである。

それ以来、同じように天井の電気を消してもらった時は、一言、「佐藤さん、蛍光灯、消しますね」と声を掛けてもらうことにしている。

だが、面白いことに、その声だけでは私の内部状態は一向に遷移することはせず、一度、アイピローをずらして、外界が暗いことを自分＝すなわち自分の脳に、直接知らしめないと状態が変わらないのである。厄介だが、その厄介さは、人間の認知の仕組みを垣間見たようで面白くもある。そう言えば、オルゴールのあの小さな針金も、内部の駆動部分の金属製の羽根に直接繋がっていた。大事な部分に触れている故の、その危ういナイーブさが、幼い頃、記憶されたあの独特な感触の本体なのであろう。

物語を発現する力

私は、書籍やテレビ番組など、いろいろなメディアで表現活動をしていますが、どの表現にも単純な共通点があります。それは、どれもとても短いということです。『ピタゴラスイッチ』という幼児教育番組の各コーナーはどんなに長くても2～3分ですし、映画館で上映した映画も短篇集でした。書く文章も多くは短文です。以前にCMを何百本も作りましたが、ほとんどが15秒です。

この共通している特徴の「短いものばかり作る」、つまり「長いものが作れない」理由のひとつに、自分自身の中の「物語性への無関心」ということがあると反省しています。コント的な短い話や実験的な短篇は作れても、ドラマ的な長い物語となると、なぜか範疇外としている節があるのです。

しかし、大学で表現の研究をしている者として、「物語性」から逃げる訳にはいきません。むしろ、積極的に物語性を創り出す新しい方法を考えなくてはいけない立場なのです。それでここしばらく、「物語」とは、我々人間にとって、そもそもどういう意味があるものなのか、という根源的な問いに思いを巡らせていたのですが、最近、ある興味深いことに辿り着きました。

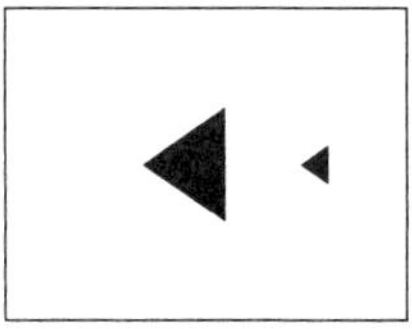

右の図には大小の三角形がレイアウトされていますが、これを見ただけでは何のことかはっきりとは分かりません。自由にいろいろな想像をする方も多い

かと思いますが、自由度がありすぎて、人それぞれ、恣意的な解釈のパターンが生まれるのではないかと思います。

では次の図を見てください。これは5コマ漫画のように見えると思います。そして、上から順に中身を見た時、どういう解釈が皆さんの内には生まれるでしょうか。

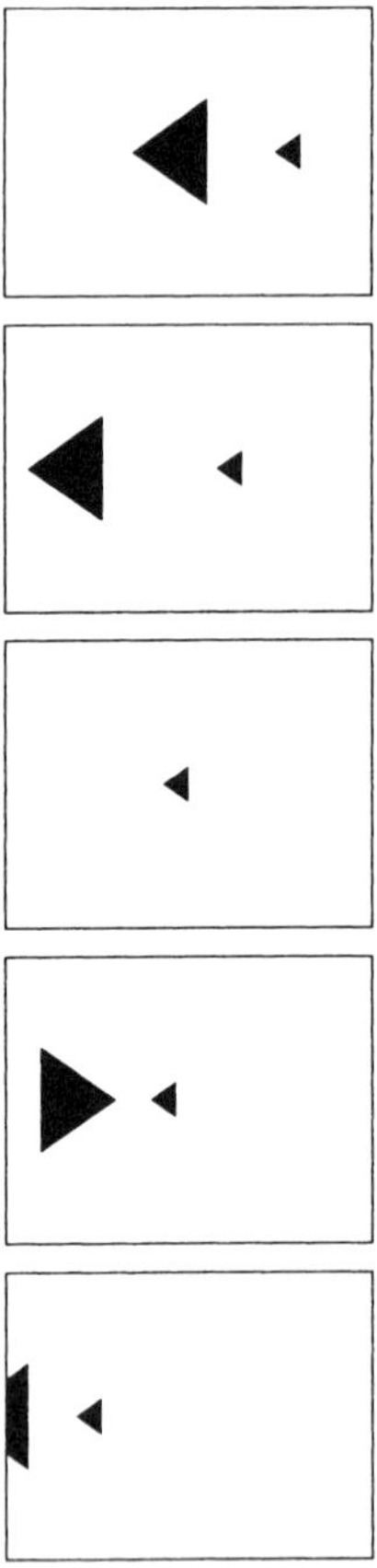

例えば、さかなの親子のようなふたつのものが泳いでいて、子のほうが先に進みたくないのか停まると、お母さんでしょうか、戻ってきて説得したらしく、

今度は一緒に進んでいく……。詳細は個々人で異なるとしても、大きな流れとしては、こんな感じのストーリーを思い描きませんでしたか？　これは、慶応大学の佐藤研の卒業生と進めている、ある研究の中で作った図版で、何人かの人に見せましたが、大筋としては、このような話を聞かせてくれます。（※）

その時、私は一見当たり前とも言える事柄を再確認したのです。それは、一枚一枚は訳のわからない図版なのに、並べて提示すると、それを解釈するのに「ある物語」を人間はたちどころに創り上げてしまう、ということでした。

さらに、その考えを発展させ、ある仮説を立てました。それは、この「物語をたちどころに生み出す能力」は、自分の目の前に現れた一見不可解な出来事群に対して、納得できる筋道を与える『人間に用意された生きていくための力』ではないか、という考え方です。

もし目の前に現れた意味不明な事々が解決されずにどんどん溜まっていったり、あるいは、気にせずどんどん忘れていくとすると、この世界の解釈は制限され、我々はいつまでも幼児の時のような、思考範囲・行動範囲のかなり狭い人生を送ることになります。

では次に、これに関連して、皆さんとある試みをしてみたいと思います。

唐突ですが、私がこの30年に渉って飛び飛びに見た、ある実際のシーンをいくつか書き連ねます。それは、年に2、3回通う小さなラーメン屋さんでたまたま遭遇した場面で、意図して見た訳ではありません。その店に行くと、時として、そのラーメン屋の家族間のやりとりを知ることとなります。ひとつひとつ単独ではたいして意味が無く見えるやりとりも、それが複数連なると、前の5コマ漫画のように、ある意味体系を持つ一篇のドラマを自然と見出してしまうことの検証です。

例えば、15年ほど前のある日、その店でこんな会話を耳にしました。

「なにもやめることはないんだ」

「もう決めたことなんだから」

「せっかく入ったものを途中でやめることはないんだ」

この断片的な会話は、ラーメン屋のカウンター越しに聞こえてくるものとしては、かなり特殊な内容です。一体、何が起こったのか。でもそれ以前の流れを知っている私にとっては、とても意味のあるシーンで、その家族の歴史を大きく転換する場面だったのです。それ故、十数年経った今でもこのように、はっきりと憶えているのです。

その店は、先々代から受け継がれる中華そばが名物で、店内は5人ほど座れるカウンターと小さなテーブルがふたつほどあり、2階が住居になっています。さて、この30年に渉って、私が何年かごとに遭遇した8つのシーンは以下のとおりです。

①30数年前。先々代のおじいちゃんが中華そばを作り、二代目（当時既に40代）は餃子や炒飯を作っていた。物静かな二代目の奥さんが、給仕やお勘定を手伝っている。

②カウンターの一番端に座ると、昔、何かの記事に紹介されたお店の写真が壁に貼ってあった。そこには、白衣に前掛けをした先々代が笑顔で写っている。店は二代目主人と奥さんで切り盛りされていた。

③「ただいまー」
「あら、おかえり」

とある土曜日──。学生服の息子とその友達が学校から帰ってきた。

「おじさん、こんにちは」

「おう」

主人は手を休めず、こう続けた。

「食べていくんだろー、ソバでいいかー」

④「おう、今日は早いなー」
「ドイツ語休講になったんだ」

息子は袖をたくし上げて洗い物をやりだした。

「いつも悪いなー」

しばらくすると、調理を終えた主人が腰に手をやり、畳の小上がりにつらそうに腰を降ろした。

⑤「なにもやめることはないんだ」
「もう決めたことなんだから」

「せっかく入ったものを途中でやめることはないんだ」

厨房にいるのは主人と息子。

「なんのために入れたと思ってるんだ……」

⑥「そう、もっと強火で」
「このくらい？」

「もっともっと！」

主人は息子にもやしの炒め方を教えている。

⑦主人は、奥の畳にどっしりと座っていた。そこからなら厨房が見え、息子にあれこれ注文がつけられる。しかし、中華そばの味はがくりと変わってしまった。

⑧何年かぶりにその店に行くと、なんと人通りの多い角地に新しく移転していた。先代の夫婦の姿は店になく、新しい壁には、やはり先々代の記事の切り抜きが額に入れられ飾ってある。味はすっかり元に戻っていた。

これが、私が目にしたその一家の30年に渉る飛び飛びのシーンです。皆さんは多分、このばらばらな出来事群を提示されても、さかなの親が心配して子の所に戻ったことを即座に感じたように、今回も易々と断片を繋ぎ合わせ、当たり前のように何らかのストーリーを創造したはずです。そして出来事が単に繋がっただけではなく、この家庭に通奏低音のように流れる一種の家族愛をもかすかに感じたのではないでしょうか。

代々続く老舗の味――大学に通う息子――腰の悪い父親、という断片の後なら、「なにもやめることはないんだ」というお父さんの一見不可解な一言からでも、「物語性を発現させる力」を持っている我々には、たちどころにすべてが分かってしまうのです。そして物語をどんどん発生させた暁には、その断片断片が持っている不可解さは解消し、ある種の満足感さえ生まれるのです。つまり物語の創造という能力は、断片的な情報群を一件落着させ、禍根を残さず、我々に新しい未知に向かうことを可能にさせているのです。

※このような幾何学的図形を使った物語の発生の先行研究として、心理学者フリッツ・ハイダー（Fritz Heider）らが発表した論文『Heider, F. and Simmel, M.: "An experimental study of apparent behavior", *American Journal of Psychology*, Vol. 57, No. 2, pp. 243–259（1944）』があります。

中田のスルーパスと芦雪

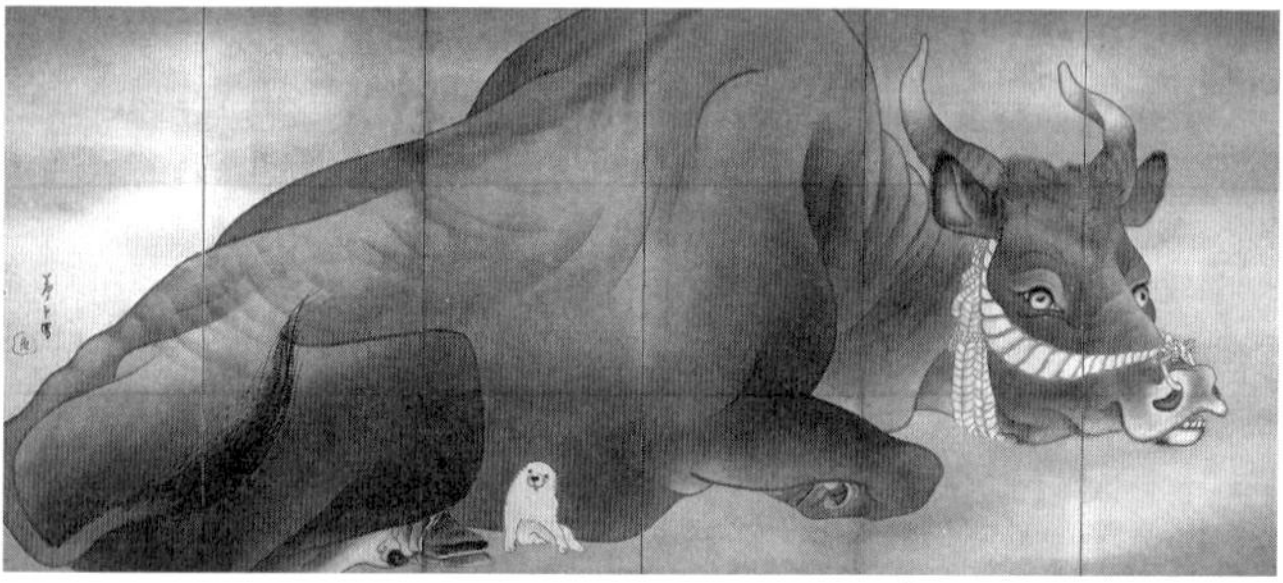

©Etsuko & Joe Price Collection

中田のスルーパスと芦雪

かつて中田英寿が現役だった頃、伝説的なパスがあった――。と、言っても、実は、私自身そのプレーを見たわけでなく、サッカー好きの友人が何度も熱弁をふるって、あたかもそこでその試合が行われているかの如くしゃべるのを聞いているうちに、私の内でもテレビで見たかのように如実な記憶として育ってしまったのである。

ご存じの通り、パスとは通常、サッカーやバスケットボールなどの球技で「送球」、つまり持っていたボールを味方に渡すことであるが、パスの中にもいろいろ種類がある。もらったボールをくれた人に戻すリターンパスや自分のところに来たパスボールをそのまま即時に誰かにパスするダイレクトパスなどがある。他にもサッカーに特有なものとして、スルーパスというものがある。スルーとは“through”つまり、「〜を通り抜けて」という意味である。相手ディフェンダーとディフェンダーの間にボールを蹴り込み、通り抜けさせて、その背後に走り込む味方に合わせるパスのことである。成功すると一気に形勢が変わり、得点できるチャンスが生まれる。

ある試合、走っている中田に味方から速めのパスが来た瞬間のことである。縦目の速いパスだったので、たまたま中田は、そのボールに触れずにしばらく全力で併走し、敵陣をめざす結果となった。ルックアップ※のお手本のような中田のプレー中の姿はとても印象的なので、憶えている方も多いと思うが、その時も完璧に背筋が伸びていて、ピッチ上を見渡し、次の展開を瞬時に模索していたと思われる。そして、あるひとりの選手にスルーパスを出すというイメージが、その時の中田に浮かんだ。その直後のことである。観客は思いも寄らぬ行為を見ることになるのである。一体中田はどんなプレーをしたのか。

中田は、なんと何もしなかったのである。

それまで、ドリブルも行わず、その速いボールに付き添うように全力で併走していた中田は、スルーパスを出したい選手に正確に出すには、今のボールが持っている角度とスピードが最適であると判断した。そして、そのままそのボールから離れたのだ。すると、果たせるかな、ボールはなんと、受けてほしい味方の選手の前方、最良のポイントに躍り出たのである。

中田の伝説的なパスは、中田が少しも触れていないパスなのである。何もしなかったが故に最高のパスになったのだ。しかし、触れてはいないが、中田という存在が確かに関与していることに誰も異論はないであろう。――こんなことを思いおこしながら、画家の福田美蘭《みらん》さんが日本経済新聞に寄せた長沢芦雪《ながさわろせつ》の解説記事を読んでいた。残暑が一向に衰えそうもない土曜日の昼下がりのことである。

実は、その記事は昨年（平成18年）の7月のものである。気になって切り抜きしてあったもののいつの間にか紛失し、忘れてしまっていた。それが、机の上を片付けた拍子に堆積された地層の中の化石の如く発掘されたのだ。その切り抜きには、最初に読んだ時にも感じたのか、青いボールペンで「中田のスルー

※ルックアップ…視線が足下のボールに奪われておらず、試合の流れを見ている状態。

パスのような……」と私の筆跡で走り書きのメモが端に書かれていた。
芦雪は近年、人気のとみに高い若冲《じゃくちゅう》と同じく江戸時代後期に京都で活躍した日本画家だが、その解説は「白象黒牛図屏風《はくぞうこくぎゅうずびょうぶ》」について書かれ、その屏風絵も載っていた。その屏風には、左隻に巨大な牛と右隻にやはり巨大な象が描かれているのだが、私は、この絵のレイアウトに目を奪われた。福田さんの解説にもこうある。『――当時の人が目にしえた最大の生き物が二頭。それをさらに巨大に見せるため、画家は体の一部を画面の外にはみ出させた』
私は、この屏風を見ているうちに、中田のスルーパスをなぜか思っていた。地《じ》なのか、象なのか、という移ろい――この屏風を構成する一枚（白象図・左から四曲目）を目の当たりにすると、新聞記事の写真であっても、そんな軽いめまいのような状態が生まれる。その一瞬のクラッという思いが、中田の触れたのか、触れなかったのか、これをパスとするのか、という思いを呼び起こしたのだった。
もちろん芦雪の屏風の一曲は絵筆で色を塗ってあり、何もしていないというわけではないが、輪郭らしき線がほとんど描かれていないため、その一枚だけ

©Etsuko & Joe Price Collection

眺めると意味を決定することが出来なかったのである。そして、意味を失うことが軽いめまいを覚えさせたのである。中田のプレーも意味的にはパスなのに、その部分の動きだけではパスの定義に当てはまらないことにクラッときたのである。

我々は物事の意味を決定するとき、無意識ではあるが、必ずある思考的枠組みを重層的に用意する。そして範囲を狭め意味を明確にしていく。スポーツという枠組み、その中のサッカーという枠組み、その中のプレーという枠組み、その中のパスという枠組み、その中のスルーパスという枠組み。更にその枠組みの層を他にもいくつも用意する。

サッカー選手という枠組み、日本代表という枠組み、中田英寿という枠組み。そのような構造を元に、目の前で起こっている出来事が何なのかを把握し、結果として「今の中田のスルーパス、すごい！」という気持ちや言葉が瞬間的に生まれたりするわけである。新しい物事を覚えるのは、その枠組みや繋がり方を増やしていることと同じである。

しかし、この枠組みが固定化したり、その繋がり方もパターン化してくると、新しい気持ちが起こらなくなってしまう。まるで錆とか埃がこびりついた動きの悪い機械のように、毎日行う思考に自由さが失われてしまうのである。多くの人にスポーツや芸術が愛好されるのは、枠組みの固定化や繋がり方のパターン化を壊し、新しいそれらを見せてくれるからであろう。

中田の触らないパスを聞かされた時感じたクラッは、本当に気持ちよかった。中田のパスも芦雪のレイアウトも、思いも寄らぬ形で私に新しい枠組みを与えてくれ、それによって知らない内にがんじがらめになっている自分の思考の全体を揺さぶり、細かな錆や埃を剥がし落としてくれたのであった。

もう一人の佐藤雅彦

もう一人の佐藤雅彦

東京は築地に本社のある会社に、新入社員として勤めだしたのが今から35年前で、それ以来、会社員から大学の教員へと職は変わっても、活動の拠点である個人事務所を相変わらずこの地に置き、ずっと厄介になっている。

もう一人の「佐藤雅彦」という存在を最初に知ったのは、80年代の後半、一緒の会社で働いていた後輩たちが、お昼休みに出かけた際に、その名前を変わったところで見かけ、それを楽しそうに報告してくれた時のことである。

「だって、その車の後ろに縦長の小さな看板があって、こう書いてあるんですよ。――――『私、佐藤雅彦は安全運転を守ります』」

「佐藤雅彦って書いてあると、佐藤さんがまるで言ってるようで、ほんと、面白いです」

口々に話す後輩たちは、昼ご飯の帰りに晴海通りの脇に止まっていた宅配便の小型トラックにそれを見つけたのだった。

「それで、その運転をしていた佐藤雅彦さんは見たの？」と僕が聞くと、配達中で運転席にはおらず、見ることが出来なかったと、とても残念そうに答えた。

それから、しばらくして、僕自身もタクシーに乗っている時に、その宅配便の車が築地界隈の信号を走り去っていくのを見かけた。確かに、『私、佐藤雅彦は安全運転を守ります』という宣言の入った細長いプレートをトラックの後部に貼り付けていた。本人としては、かなり妙な気持ちであった。

単に同じ姓名の人がいた、という記号的な符合だけではそんな気持ちにはならない。出来上がっている文章の中に、自分の名前が塡《はま》っているのが、なんとも僕がその文章通りのことをやっているような気持ちになり、普段のイメージとの落差に周りは笑い、自分は妙な心持ちになるのである。もう一人の佐藤雅彦さんだって、同じようなことが起きれば、同様であろう。

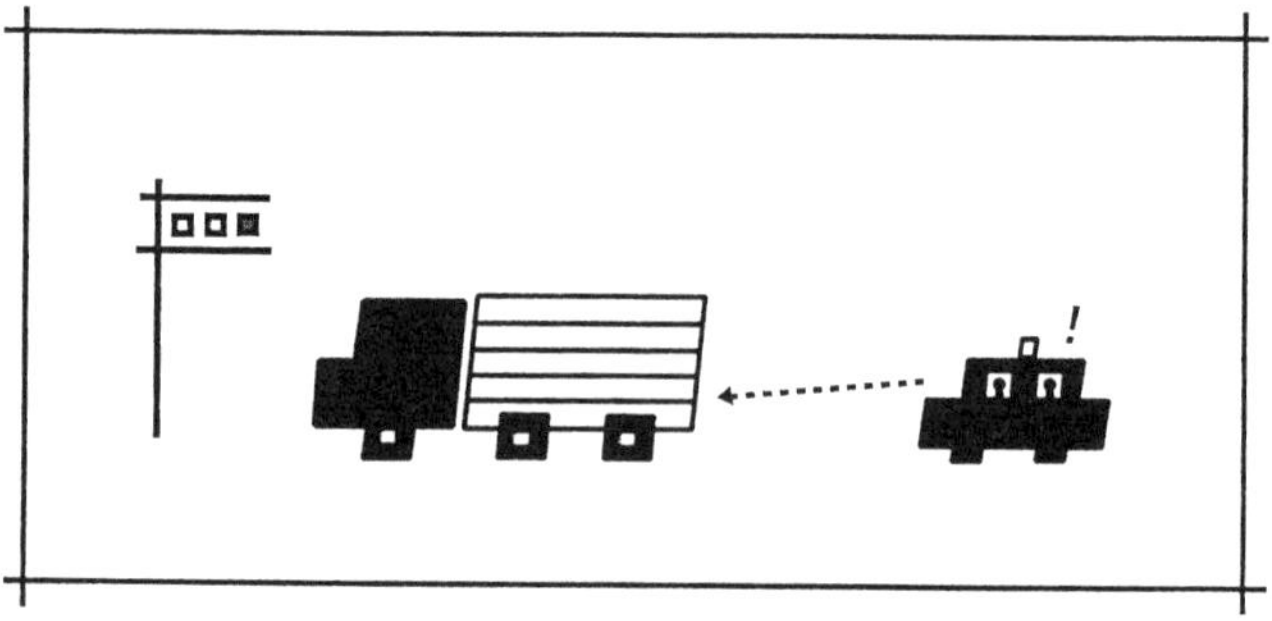

しかしながら、その時も残念ではあるが、運転しているであろう本人の確認は出来なかった。

そもそも、「佐藤」も「雅彦」も、珍しくもない姓と名で、その組み合わせの「佐藤雅彦」も、かなりの数に上ると思われる。――ではあるが、ではあるが、なのである。

同じ町内に、しかも宣言文付きで、堂々とその存在を示されていたとしたら、いかがであろう。少々妙な気持ち（さらに言えば、周りから面白がられることに対して多少の憤慨の気持ち）を起こしたとしても、許されるのではないだろうか。この原稿を書いている、今も今とて、この築地の近くのどこかをその佐藤雅彦さんが巡廻していることを思うと、微少であってもどうしても気掛かりが生じてしまうのである。

最近も、事務所の者がお使いから帰ってくる途中、花屋さんの前の道路脇に、その名前入りの台車が空のまま置いてあったと言っていた。ああ今度は、佐藤雅彦という名入りの台車……。

やはり、本人の姿は、どこにもなく、ますます「もう一人の佐藤雅彦」は、ミステリーがかって、我々にその存在感だけを強く示すのであった。

僕の事務所の入っているビルは7階建てで決して大きくないし、新しくもないのだが、年配の江戸っ子の大家さんが一番上の階に住んでいて、面倒見のよさと人のよさで、われわれ店子は快適な仕事と暮らしができている。

最近まで、3階には、歯科医院が入っていて、僕は、同じビル内ということもあって、社内歯科という本当に勝手な気持ちで、なにかあると気軽にかかることにしていた。その時も痛みはないが、ちょっと気になる症状があり、僕は3階に降り、見てもらうことにした。

先生の腕がよくて、いつも予約は一杯であるが、同じビルのよしみでなんとか予約のやりくりをうまくしてくれる。

「どうしました、佐藤さん？」

「以前、治療した歯がちょっとグラグラする気がするんですが……」

「わかりました、じゃあ、ちょっと見せてください」

僕は、口を大きく開けた。マスクをした先生は小さな丸い鏡のついた金属の棒を口に入れ、僕の歯の全体を診た。先生の前には、以前撮った僕の歯のレントゲン写真が後ろから照明を当てられ置かれていた。

先生は、口の中を何度も覗き、その度に首をかしげた。そして、首をかしげては、何度もレントゲン写真と見比べた。

「おかしいなあ、治療した箇所が全然違う……」

僕はなんのことか一向にわからず、口を開けたまま、ぽかんと先生に顔を向けた。先生は、かなり困惑した様子だった。もう一度、レントゲン写真に顔を向けた時、僕もつられて、僕のレントゲン写真に目を向けた。治療をした跡のある、そのレントゲン写真には、もちろん「サトウマサヒコ」と刻まれている。

その時である。僕も先生もあることに同時に気付いた。

「もう一人の佐藤雅彦さんだ！」

もう一人の築地で働いている佐藤雅彦さんもその歯科医にかかっていたのであった。その歯科医院では、患者のカルテは紙製のファイルで管理しており、アイウエオ順に棚に入れられてあった。つまり、僕ともう一人の佐藤雅彦さんは、その棚でいつも隣合わせであったのである。

久しぶりに行った治療で、新入りの歯科衛生士の方が、僕の通院カードに書かれていた「佐藤雅彦」という名前を見て、その名前の書かれたファイルを、棚でパッと見つけ、疑いもなく、それを引き出し、先生に渡したのだろう。恐らく、その隣のファイルが僕のファイルだったに違いない。

僕は、その歯医者さんでも、未だに、もう一人の佐藤雅彦さんには会っていない。そこでも、やはりまだ「もう一人の佐藤雅彦」という存在だけなのである。しかし、姿かたちを知る前に、なんとその人の歯のかたちを知ったのである。

その時、はっきり憶えていないが、カルテが一瞬見えたのだろうか、何かの拍子で年齢もわかった。僕は勝手に自分より年上を想像していたのだが、僕より少し下であった。でも、だからと言って、何にもなりはしない。ますます、その方の存在の確かさだけは増し、ミステリー度の増大に拍車をかけただけのことである。

東京は中央区、築地の界隈には少なくとも二人の佐藤雅彦がいる。そのうちの一人は、今日も安全運転を守っている佐藤雅彦さんであり、右下奥歯に治療の跡がある。

もう一人の方は、今日も『暮しの手帖』の原稿の締め切りに遅れ、あくせくしている佐藤雅彦であり、最近、左下奥歯の虫歯の治療を終えたばかりである。

想像料理法

想像料理法

昨年末、あるシンポジウムで講演するために韓国の坡州（パジュ）という都市に行った。

訪れたのは、坡州でも〝Bookcity（出版都市）〟と呼ばれる、韓国内の大手出版社や印刷会社を一堂に集めた民間主導の計画地区である。北緯38度線に近く、寒さも半端ではないが、活字文化を守り、発展させるという義に対しての熱意も半端ではない場所であった。

韓国という国は初めてだったが、大学の講義の合間をぬって行ったので、2泊3日の短い海外出張になった。セレモニー、講演、研修そして討論会と慌ただしく時間は過ぎ、気付くと帰りの金浦《キンポ》空港にひとりで立っていた。

出発まで1時間ほどあり、韓国に来て初めて息をついた。そう言えば、おみやげを何も買っていない。慌てて、空港の免税店でキムチやサムゲタンなどを見つけ、たちまち両手はおみやげの袋でふさがった。

韓国に来て、韓国料理らしいものを食べていないことも思い出し、自分用の冷麺もその中に入れていた。そして離陸する時、カムサハムニダ（ありがとう）という唯一覚えた韓国語を心の中で言って、僕の初めての韓国は終わった。

先日、夜中におなかが空き、冷蔵庫を開けてみたら、隅に自分用のおみやげの冷麺を見つけた。取りだしてみると、半生らしく賞味期限が明日に迫っていた。よし、これをいただくとするかと、袋の裏の作り方を見て、固まった。

知り合いに渡したおみやげには日本語でも作り方が書いてあったのだが、それには無かったのだ。自分には意味をなさない**ㅇ**とか**ㅣ**とか**ㅁ**とかでできたハングルの文字が連なっている。一体、どうやって作ればいいんだ……。そう言えば、僕の大学には韓国からの留学生がいるから訳してもらってから食べようか、とも思ったが、もう後期の授業は終わっていて明日明後日に会えるわけではない。今度会えるのは、当然、賞味期限の遥か後であろう。冷麺の作り方を訳してほしいというお願いをメールでわざわざするのも教授として何か情けない。――とは思いつつも、未練がましく麺が入っている袋を苦労してスキャンし、ハングルで書かれた作り方をコピーした。それにしても、韓国の研究生に出す初めてのメールが冷麺の作り方なんて……。活字文化を守り続けるために、出版都市を創り上げた韓国の長老たちの顔が浮かんだ。

よし、ここはなんとか自力で克服しようと、再度その作り方が書いてあるらしい箇所をじっと見た。

字は相変わらず、ちんぷんかんぷんだが、絵が描いてあるから、手順や、やっていることの概略は想像できる（図A参照）。要はやる気である。しかも、よく見ると、文中の「3」とか「3～4」とかいう数字は万国共通でそこは当然わかる。池の飛び石のように確かな箇所が点在してはいるのである。もちろん、数字の後の単位はわからない。でも、最初の絵では麺を茹でているのだから、その下の文の「3」の後のハングルは「分」に違いない。いくらお国が違うとしても3秒や3時間であるわけがない。しかし次の手順に書かれている「3～4」の後は何だろう。絵では麺を水で洗っているから、多分、「3～4回、水で洗

조리법(1인분기준)
①
쫄면을 한가닥씩 풀어 놓은 후, 끓는 물에 면을
3분정도 끓여주십시오.
②
건져낸 면을 찬물에 3~4회 헹구어
사리를 준비합니다
③
첨부된 쫄면양념장을 넣고 잘 비비면 맛있는
쫄면이 됩니다 기호에따라 오이, 콩나물, 삶은
달갈 등을 곁들여 드시면 더욱 맛있습니다
※나트륨(식염,조미료)섭취를 조절하기 위하여
기호에 따라 적정량의 양념장을 첨가하여
조리하십시오.

図A

う」ということではないだろうか、いや、冷麺だから、ここは「冷水で洗う」と書かれているのではないだろうか。僕は自宅の台所で、まるで、遺跡から発掘された石碑に書かれた古代文字を判読する考古学者のような気持ちになっていた。

しかし、どのくらい洗えば、3〜4回洗ったことになるのか。それは不明ではあったが、ここはその訳しか考えられない。さらに、この作り方のタイトルにあたる一番上の部分をよく見ると、そこにも1という数字があった。しかも、（ ）の記号の中にある。ここは、「作り方（1人分）」で間違いなかろう。僕はすっかり作り方が分かった気持ちになった。そこで、左の図Bを見てほしい。これが、その時、僕が判読できる「数字」「括弧」「※」と、絵をたよりに作った佐藤雅彦版・想像訳である。創作部分がかなり多い。

さて、その晩作った冷麺の味はどうだったかと言うと、甘辛くて実においしかったのである。麺の腰もあの冷麺独特のゴムのような強さで、やや太く、本物感たっぷりであった。ただ、おいしかったのではあるが、正しかったのかは分からない。自分の作り方に少し疑わしいところも感じなかったわけではない。

作り方（1人分）

① 鍋にたっぷりの水を入れ
沸騰させ、その中に麺を入れ、
3分間茹でます。

② 冷水で麺を3〜4回洗い、
ぬめりを取ります。

③ 麺をどんぶりに入れ、
上から別添のたれをかけます。
お好みにあわせて、
ゆで卵をのせてもいいです。
いっしょにキムチを合わせても、
辛い味噌を入れても
おいしく召し上がれます。

※ 白い粉（実は、小麦粉）が
ふき出ていることもありますが、
かびではありません。
問題なく食べられます。

図B（佐藤雅彦 想像訳）

冷麺は食べたことがあるが、甘辛いのは初めてであるし、しかも辛さも尋常ではない。途中で何回も口を休めた。そこがおいしい理由のひとつでもあるのだが、もしや、このたれは水で薄めるとか書いてあるのではないか。いや、でも、おいしければいいではないか。そんな逡巡の中、食事は続く。おいしい、でも辛すぎる、弾力もありすぎる。やはり本当のことも知りたい。自分は果たして正しい冷麺を食べたのかどうか。

数日後、大学に行くと、廊下で韓国からの留学生の一人、馬定延《マジュンエン》さんにばったり会った。笑顔のかわいい方で、今、博士課程に進学するために一生懸命勉強もしている。

「韓国の文化活動の素晴らしい一端を体験してきたんですよ」と話しかけ、シンポジウムの話題に続き、あたかもついでのように、この冷麺の一連の話もした。慮《おもんぱか》りのある彼女は笑いながら、

「わたしで、よければ、やく、します、まだにほんご、へたですけど」

と快諾してくれた。既にスキャンしていた冷麺の袋のコピーを渡すと、その

時の一言に、ぐさりと来た。

「先生、これ、れいめんではないですけど……」。冷麺ではない？

そして3日経って、正しい訳が送信されてきた。それが、次頁図Cの馬さん版・訳である。日本語がまだこなれていないのは勘弁してほしい、通訳として日本で学んでいるのではないのである。それにしても、僕は正解に近いものを食べていた（！）。疑って悪かった、僕の作った甘辛冷麺、名前はともかく、君は正しかったのだ。しかし今思うと、疑心暗鬼入りの食事は、それはそれでなかなか体験し難い妙味ではあったのだ。

調理法（1人前）

① 麺を一本ずつ取り外して、
沸騰したお湯の中にいれて、
３分位茹でます。

② 茹で上がった麺をざるに上げ、
水に３～４回洗います。

③ 添付のソースをあえて
よく混ぜ合わせれば
おいしいチョル麺*が
出来上がりです。
お好みの胡瓜、モヤシ、
ゆで卵等をのせれば
一層美味しくなります。

※ナトリウム（食塩 調味料）の
摂取を調節するために
お好みによって適切な量の
ソースを添加して調理してください。

図C（留学生 馬さん訳）

*冷麺よりも太く、しこしことした食感の辛い麺。（「チョルギッチョルギッ」＝しこしこした歯ごたえ）

広辞苑第三版　2157頁《ページ》

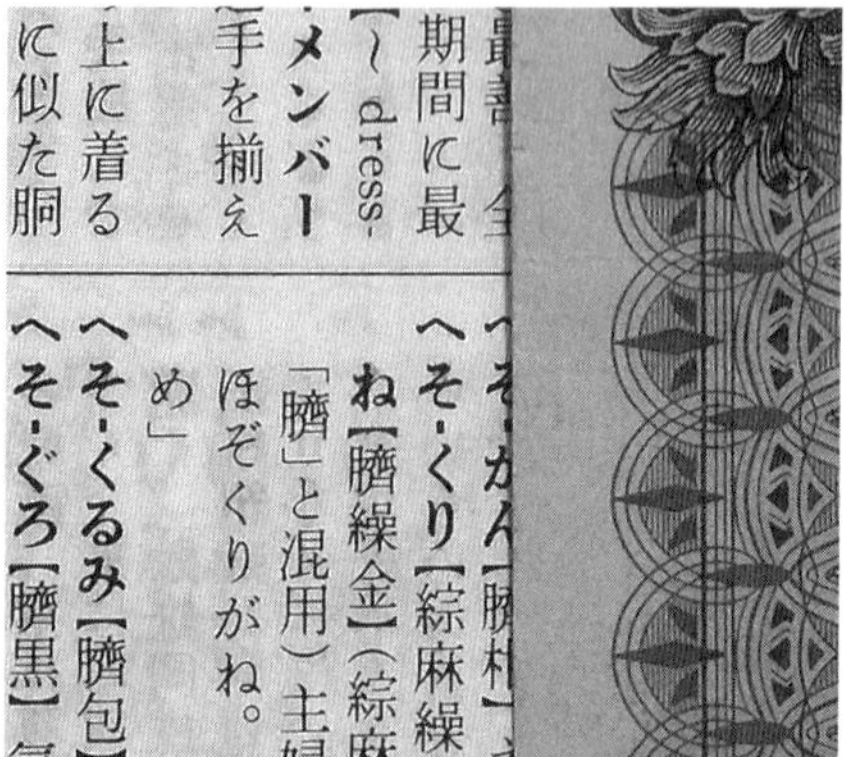
期間に最
〔～ dress-
メンバー
手を揃え
上に着る
に似た胴
へそ・くり【綜麻繰・臍繰】「へそくりがね」の略。―・
ね【臍繰金】(綜麻を繰ってためた金銭の意。これ
「臍」と混用)主婦などが、倹約して内緒でためた金
ほぞくりがね。好色万金丹「猩猩の―を大分しこ
め」
へそ・くるみ【臍包】胴巻などを腹に結びつけること。
へそ・ぐろ【臍黒】気だてがよくないこと。腹黒。(俚
(こじゆう)。
②現
1000

広辞苑第三版　２１５７頁

たった今、のことであるが、手元の広辞苑で或る語を引こうと思い、「へ」で始まる項の最初の辺りを一頁一頁めくっていたら、突如、手も切れるような一万円札が現れた。

一万円札は、分厚い広辞苑に挟まれて幾十年という状態なのか、そのピンと張った様子が尋常ではなかった。

もしや……、と思い当たる節があり、その頁を端から端まで見渡すと、果たして、

【へそくり】

という語が下の方の段に発見された。へそくりの頁に、へそくり（！）

広辞苑第三版・２１５７頁の出来事である。それは、ふた昔と言えるほど前

に、未来の自分をびっくりさせようと、自ら仕組んだいたずらであった。自分でやったことなのに、すっかり忘れていたのだ。

しかしながら、この未来の自分に向けてのいたずらを思いついた年時は、追跡可能ということにも気づいた。その広辞苑は、自分が『広告制作』という、言葉を扱う仕事に従事し始めた時に、自分へのはなむけに買ったもので、そのいたずらを思いついたのも、それを手にしてまもなくのことだからである。

古い手帳を調べたら、なんと1988年の秋であった。その年のある日、ふと未来の自分に対して、いつかこの「へそくり」の頁をたまたまめくった時に、びっくりさせることができるだろうかと、期待半分・疑心半分で、そっと挟み込んだのである。それにしても、この一万円札は20年間もこの頁にいたことになる。ご苦労なことであった。この間、何回も広辞苑を引いたとは思うし、いまは事務所の書棚に置いてあるので、他の者が引いた可能性もある。よくぞ無事でいてくれた、そして、よくぞ未来の僕をびっくりさせるという使命を果たしてくれた。

未来に投げかける

projectという言葉は、pro＋jectつまり、前に（＝pro）投げかける（＝ject）ということを語源として、一般的には「企て」とか「計画」とかという意味で使われている。

私は、この『プロジェクト』という言葉に、その根源的な意味をもう一度付加させて、「未来に投げかけること」という意味合いで、自分やスタッフに対してこの語を使うことがある。別の言い方をすれば、将来に、その価値が発現されることを強く意識した活動を、自分たちの『プロジェクト』として定義し直したのである。

それは、自分たちの目線がどうしても目先のことだけに向けられ、スポーツで言うルックアップができていない状態になるのを防ぐためでもあった。確かに、「未来に投げかける」ということを意識すると、自分のまわりに次元がひとつ増えたような感覚が生まれ、地面に何かの種を埋めた時のような期待と希望

広辞苑第三版　2157頁

が生まれたりするのだった。

　例えば、今現在、未来に対して、個人的に構想している勝手なプロジェクトがある。

　それは、『藝大が考える数学』という名前の「建物」を造り、そこに新しい数学の体験ができる展示物や、映像を集める、という妄想に近い構想である。

　今、私は美術館で「数学」を背景にしたインスタレーションを発表し始めているが、実は背景にそんなプロジェクトがあるなんて誰も知らないわけで、それだけでちょっとどきどきするのである。完成するのに20〜30年はゆうにかかるであろうし、そもそも完成するのかも分からない。でも、そのプロジェクト構想があるから、今の自分がどのように行動すればいいのかが分かるのである。

幸せないたずら

この大仰な『プロジェクト』という活動とは、だいぶ趣が変わるが、広辞苑第三版・２１５７頁の出来事もささやかな個人的プロジェクトである。

私は、この手のいたずらには、普通のいたずらとは異なり、その中にやはり未来が含まれていて、独特のうれしさを生むものではないかと思っている。そのいたずらが発現した時に享受する「誰かが今よりずっと前にこんなことを考えていてくれた」という想いが、そうさせるのであろう。

実は、私はこの「pro（未来に）＋ject（投げかける）」の楽しさと大切さをみんなに伝えたくて、『幸せないたずら（仮称）』という書籍を、以前ひそかに構想していたことがある。

その本には、例えば、読者と想定している子供たちに対して、次のような楽しい未来へのいたずらの提案が載せられている。

『お父さんの背広が入っているタンスをそっと開けて、どれかの背広の胸ポケットにメモカードを入れておこう。そのカードには、お父さんへのメッセージやお願いを書いておこう。お父さんがそれを見るのはいつのことかわからないけど、いつか見てくれることを期待して、そのワクワクをそっと自分の胸にしまっておこう。』

ある朝、ひとりのサラリーマンがぎゅうぎゅうの満員電車でまいっている時、ふと自分の胸ポケットに見覚えのない固いカードがあるのを見つける。狭い車内でそっと、それを取り出すと、たどたどしい字でたどたどしい文章が書いてある。

「おとうさん、こんど、やきにくにいこうよ、さいきん、いってないよ。」

この未来に向けてのいたずらは、幸せの時限爆弾でもある。ただし、いつスイッチが入るか分からない。分からない故に、楽しいのである。

そう言えば、この手のことが私は昔から好きだった。

ＩＣレコーダーという、掌におさまるような小さな録音機を、メモ代わりに使っていた時期がしばらくあった。

夜遅くまで仕事をして翌日の作業の引き継ぎを、デスクの女性に対してメモ

を残すのに、

「午前中に校正をFaxしておいてください」「本日15時、Nさんが来社します」等、いちいち紙に書かなくても、ICレコーダーに吹き込んで机の上に置いておけば、翌朝彼女が再生してくれて、的確に用件が伝わるし、内容だけでなく声の調子も伝わるので、ニュアンスまでも伝達されるのである。

ある深夜、いつものように、声のメモを残そうと思った私は、ふいにある事（＝いたずら）を思いついてしまった。

そして、いつものように連絡事項を吹き込む前に、「ある事」をまず吹き込み、私は録音の済んだICレコーダーをなんと事務所の冷蔵庫の中に入れておいた。

そして、翌朝のことである。いつもは机の上にあるICレコーダーを、なぜか冷蔵庫で発見した彼女は、どうしてこんなところに？　と〈再生〉のボタンをピッと押す。すると、すっかり冷えたICレコーダーは叫んだのである。

「あ〜、さぶかった」

未来へ投げかけるいたずらには、未来があるのである。

広辞苑第三版　2157頁

この深さの付き合い

この深さの付き合い

長年使っている万年筆がある。この7月で、18年と半年を迎える。使い出した年月まではっきり記憶しているのには理由がある。実は父親が亡くなって数日後のことだからである。父親が腸閉塞で急逝したのは、１９９０年の1月の半ばであった。その夜、私は当時勤めていた会社でひとり深夜残業をしていた。

夜更けの3時くらいだろうか、突然目の前の電話が鳴り出した。瞬時に、父の死を直感した。大腸癌の手術をその3年前にしていたものの、術後は回復もよく普通の生活を取り戻していた。その時も、別段、様子がおかしいというような連絡を受けていたわけでもなく、しかも2週間前には一緒にお雑煮を食べていたのである。しかし、その時刻に、広く暗いフロアの中で、ただひとつ鳴り響いている電話からは、それ以外のことは感じようがなかった。

慌ただしい数日が過ぎ、私は姉と一緒に、父親の書斎のテーブルを整理していた。一番上の引き出しを開けると、見覚えのある真新しい細長の黒い箱が出て来た。

数年前にヨーロッパへ出張で行った時、ドイツの空港で乗り継ぎをする際に免税店で求めたモンブランの万年筆であった。多分、もったいなくて使えなかったのであろう。私は、これを渡す時、目の前でインキを入れて無理矢理にでも一文字書かせれば良かったと後悔した。書道をたしなみ、かなりの達筆であったし、若い頃から万年筆も大好きであった。それだけにものの良さも分かって、やすやすと封を開けられなかったのであろう。

それ以来、私は形見として、それを使っていた。相性がとても良くて、使い出した時から、柔らかい感触で、なんて書きやすい万年筆なんだ、と感じていたのだが、使い出して10年も過ぎた頃からの使い心地は、そんなものではなかった。

まさに筆舌に尽くし難いとはこのことで、一旦書き出すと、いつも、ある特別な満足感を与えてくれるのであった。ペンの先が柔らかく滑る様があまりに心地よく伝わってきて、心地よさを通り越して、ある幸福感までも得られたのである。それは、メモ紙に乱暴に伝言を書く時でも、手帳に厳しいスケジュールを書き込む時も、内容に隔たり無く生まれるのであった。

その万年筆のために言っておくが、その満足感は、父親の形見といった個人的事情とはまったく無関係なものであって、あくまで物質的、機構的なことであり万年筆の性能だけに依っているものである。

しかし――――。

こともあろうに、昨年の12月、ある打ち合わせの最中に私は不用意にも、その万年筆をテーブルから落としてしまった。

打ち合わせの席上、説明しなくてはならないことが急に出て来て、言葉で説明しようとしても埒があかず、咄嗟に絵を描こうと思った。近くに筆記用具が無かったので、鞄から慌てて愛用の万年筆を出した。私は、イラストなどもその万年筆で描き、原稿にしていた位なんでも頼っていたのである（ちなみに、章末に載っているイラストもこの万年筆で描いたものである）。

ラフな絵をさぁーと描き、それをもとに説明をし始めた時である。キャップをつけ忘れて机の上に置いた万年筆が、机のわずかな傾斜に反応してころころと回転しだした。気付いて止めようとした時には遅かった。カタンという音と共に床に落ちた。机の下には絨毯があったが、落ちたところだけは木のフローリングが顔を出しているところだった。

打ち合わせの最中は、何食わぬ顔をしていたが、終わって一人になった時に恐る恐る、線を書いてみた。運良くペン先から落下していなければ、あの柔らかい感触は残っているはずである。

しかし、悲しいかな、それはすっかり失われていた。あの甘い感触といっていいほどのなめらかさは、見事といってもいいくらい、残っていなかったのである。

すぐに直営店へ出向き、専属の修理工場に出した。1カ月後、戻ってきた。修理代は高価だったが致し方ない。あの感触が戻るなら――。

渡される時には、落としたにも拘わらず、大して傷みも歪みも生じてないですよ、と言われた。しかし、残念なことに、あの感触は取り戻せていなかった。

まったく違うものになっていた。

線や字を書く時に生じる僅かなひっかかりを、手はあまりにしっかりと感じてしまうのであった。プロの職人さえ見抜けない位のわずかな傷も、20年近く付き合ってきた私の手は、確かに感じるのである。

その時、分かったことがふたつあった。

一つは、「人間は、目の解像度よりも、手、つまり触覚の解像度の方がはるかに高い」という認知的な事実であった。確かに、髭を剃ったりしたあと、剃り残しはないかと確認する時、鏡で見るよりも手であごを触る方が確かである。

もう一つは、言語化するのは難しいことだが、ものや人との付き合い方の深さのことである。

この万年筆とは、ある「深さ」で付き合ってきたんだな、ということが、あのなめらかさを失い、身に沁みて分かったのである。妙な言い方になるが、口がきける同士ではなかったので、お互い、何も、そのことについて言葉にして語り合うことなど無かったし、付き合い方もお互いが接している手や指先周辺だけのことだと思っていた。しかし、字や線を書く時に受けていたあの有り難い感触を享受していたのは、自分の内のやや深いところであったのだ。

その深さでの付き合いを私自身、無意識にその万年筆に要求していたし、逆に万年筆の方もその深さで私と語ることを望んでいたかのようである。そして、かつてのその深さで付き合うとしたら、今の万年筆の状態では、どうにも自分の奥にひっかかりを感じてしまうのだった。今の万年筆だって筆記具とすれば、充分すぎる程の出来で、付き合う深さの目盛りを浅いものに変えれば、なんら問題はないと思われるのだが、握るとどうしても以前の付き合いを期待してしまうのである。


深さのことを思うに、一生という限りある期間の中で、「この深さ」での付き合いに、幸運にもいくつか巡り会うことができるようである。

幾人かの代え難い友人達のことに想いを巡らせると、お互いがアイデンティティの殻を通り越して、皆、ある深さの重なりを共有して接しているということが分かる。まるで、数学の時間に出て来た積集合のベン図のような重なりがあり、その友人と会い、その深さに達していなければ生まれようもない頷きや沈黙に出会う度、相手の存在が自分の内側の奥にまで来ているのを感じるのである。もちろん、これは会う頻度が高いとか趣味が同じとか、というような記号的なことではない。

　万年筆は使えば使うほど、その人に馴染んでいくと言われる。私もそれを信じて、今の万年筆をこれからも使い続けようとは思っている。

　先程も書いたように、その深さで付き合わなければ、長く付き合うのは容易であろう。普通、人間は外側にひとつの殻を用意し、通常の生活では、その殻を自分の縁《ふち》として生きている。その殻があるから乱暴な付き合いにも内側まで傷つくことなく毎日が送れるわけである。その殻の外に、この万年筆を位置づければ、付き合うのは容易であろうし、外側の付き合い相手としては、かなりいいものに分類されるであろう。

　しかし、私は自分にしか分からないペン先のこの僅かな傷が摩耗してなくなり、元のなめらかさを取り戻す時がくるまで、敢えて殻の内側の「この深さ」でその不快さとも付き合っていこうと思っている。いや、もっと正直になれば、その付き合い方しかこの万年筆とは、もうできないことが分かっている。

もうひとつの世界

もうひとつの世界

一昨年から、事務所の近くにあるマンションの一室を借りている。新しい表現の試みを行う研究スペースとして使うためである。

研究員がひとり常駐して、私も2日にいっぺんくらいの割合で通っている。

そのマンションは高層建築で、鍵にICタグが内蔵されていたり、3重のロックシステムだったり、いろいろな最新の設備が施されている。

先日のことである。私は1階のエレベーターホールで、エレベーターが降りてくるのを待っていた。エレベーターは2基並んであるのだが、丁度両方とも上方の階に行っていたので、しばらくの間、そこで待つことになったのだった。

エレベーターの中には、一見しただけでは分からないが、奥の上の方に監視カメラが付いている。その映像は当然管理室に届いているはずであるが、1階のエレベーターホールにも、意外と大きなカラー液晶モニターがエレベーターの扉の脇にそれぞれ設置してあり、上階に行っているエレベーターの中の様子が窺えるようになっている。

もちろん、犯罪防止や事故防止のためではあるが、いつもは、「あ、赤ちゃんカートと若いお母さんが乗っている」とか「途中で停まったと思ったら、宅配便の人が乗ってきた」とか、何とはなしに眺めている。

その日は、誰も乗っていない空のエレベーターが映っていた。「きっと、誰かを上の階まで運んで行った帰りだろう」と、何気なくモニターを見ていた。監視カメラはエレベーターの奥の方から手前に向いており、誰もいない空間を映し出していた。その直後、エレベーターはどこかの階で止まろうとし、モニターには、扉が開くのが映った。どこか、上の階で乗る人がいるんだな、私はぼんやりそう思った。しかし、次の瞬間、私は本当にびっくりしてしまった。扉が開いたそこには、なんと私がいたのである。

考えてみれば、当たり前のことである。自分がまだ上にいると思い込んでいたエレベーターが、もう1階に来ていただけのことである。エレベーター内部の映像からは階が同定できないので、その誤解が生じたのである。脇のモニターを見つつ扉の前にいたので、1階にエレベーターが着いて、扉が開けば、そこに自分が映るのは、頭では分かる。でも、その時の異様な感じは、そんな理解を寄せつけない。

まるで、扉を開けると、もうひとつの別の世界があり、そこにも自分がいた、という気持ちが如実に湧き起こったのである。

大型電器店で展示されていたモニターに自分の姿が偶然映り、それが店頭のカメラで撮られていたということに気付くという体験は、皆さんもあると思うが、この時の、エレベーターの扉が開くと自分が現れるという事象は、明らかにそれとは違う気持ちを喚起させたのである。店頭カメラで撮られた映像は、あくまで店頭にいる自分を撮っているだけで、〝自分〟は店頭にいる自分ひとりである。しかし、エレベーターホールで感じたのは、空間的に異なる高層階に自分が登場した、というような心持ちであった。まさに、エレベーターホールにいる自分とは、異なる自分がそこに存在していたかのようである。ここでは、

〝自分〟は1階のホールにいる自分がひとりと、どこかの階にいる自分とで二人、同時に存在しているような気持ちが起こったのであった。

ちょっと耳慣れない言葉かも知れないが、複数の世界でありながらも、両方ともありありと真実のように感じられることをパラレル・リアリティと呼ぶ。――東大の名誉教授である石井威望《たけもち》さんが提唱している考え方である。

この50年くらいの間に映像を扱うメディアは、量も質もかなりの進歩と拡がりを見せたが、だからと言って、パラレル・リアリティが簡単に生まれているわけではない。先程の店頭カメラのように、どうして自分がモニターの中にいるかが自ずと分かっていれば、パラレル・リアリティは生まれないのである。例えば、福田首相（※連載当時、福田康夫内閣）や太田光さんは、連日テレビに出ていて、たまたま同じ時間帯に複数のチャンネルに出ていることもあると思うが、それを見ても、誰も何人もの福田さんや太田さんがいる気持ちを持ったことはないはずである。

このエレベーターの出来事の2カ月前のことであった。

大学で妙なアニメーションが間違って生まれてしまった。私が通っているのは映像を中心に新しい表現を研究開発している大学院である。その日は大学の研究室で行う展覧会の準備で、作品の途中段階を見るという日であった。

最初に見たのは、図1のように一本の線が伸びていき、楕円状の穴に入ると、次に別の穴から出てくるという「ワープ」をテーマにしたアニメーションであった。ある作品の一部として使用するためのものである。そんなに難しいアニメーションではなかったが、担当した大学院生のK君は、動きのタイミングを勘違いして、最初の穴に入る前に、もうひとつの穴から、線が出始めてしまっているというアニメーション（図2）を作ってしまった。それを見た私や他の研究生達は出てくるタイミングが早すぎる、と指摘した。しかし、私は、その時、咄嗟には言葉にできない何かが自分の内に生まれ、妙な気持ちを引きずったまま、他の作品の講評をすることになった。

講評の時間が終わり、研究生達が解散した後、私はもう一度K君を呼び、先程のアニメーションをもう一度一緒に見た。すると、K君が言った。

「こっちの楕円に入る前に向こうの楕円から出てくるのが見える時、何か変な

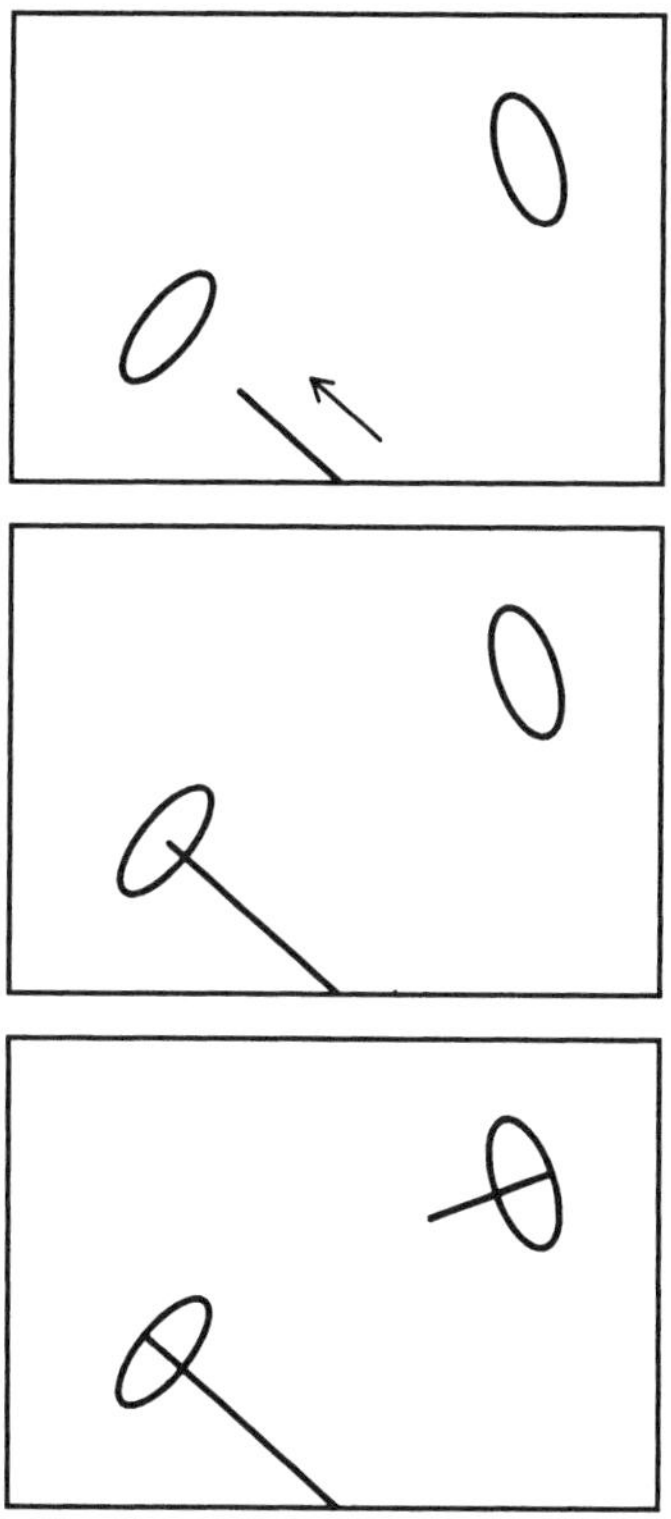

図 1

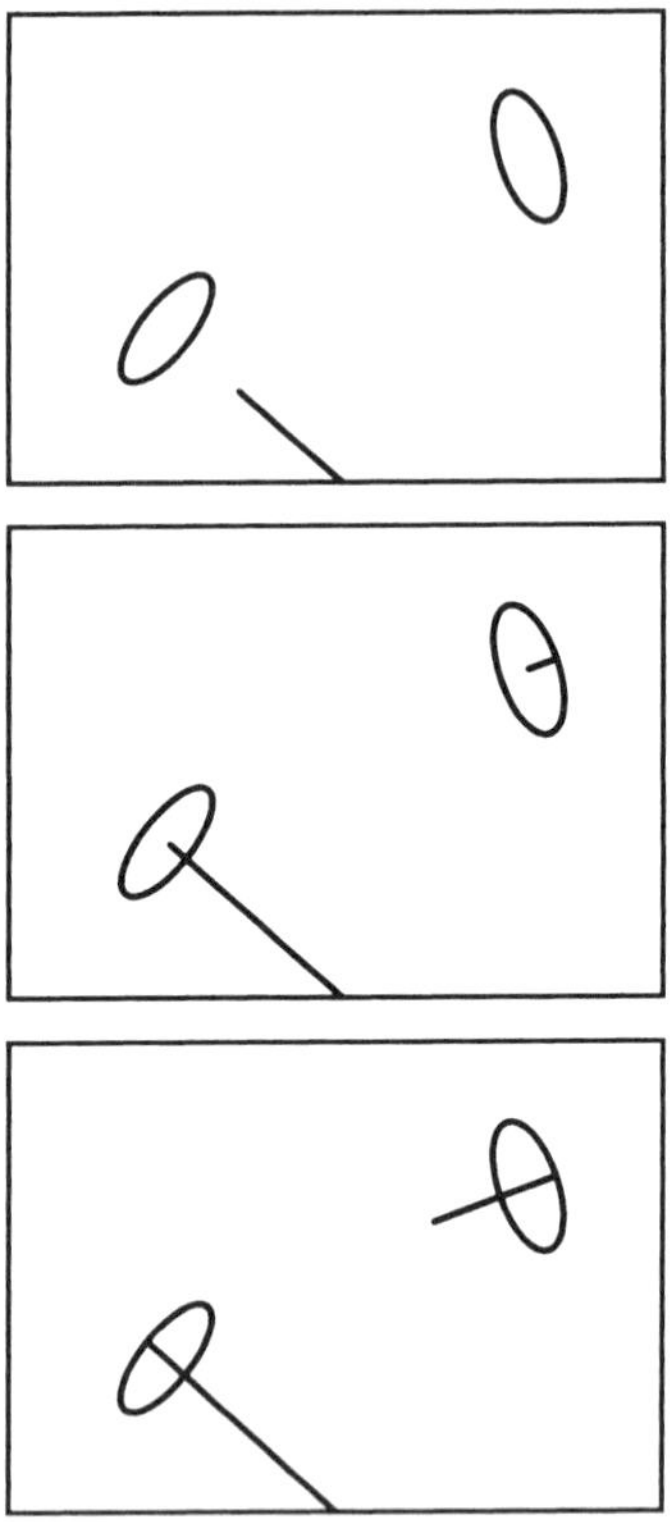

図 2

感じがして、個人的には実はとても面白いんですけど……」

同じ気持ちが彼の中にも生まれていたのだった。楕円という窓からもう一本伸びる線、つまり別の世界が観察され、その瞬間、一本の伸びゆく線がふたつ存在するのが、なんとも妙なリアリティを持って迫ってきたのである。


エレベーターの出来事も楕円の窓の出来事も、落ち着いて考えれば、事象としては不思議でもなんでもないことは分かる。共に、メディアの中で、もうひとりの自分を、もうひとつの直線を、再現しているに過ぎない。しかし、言いたいのはそこではなく、湧き起こった今までに生まれたことのない気持ちについてである。難しい言葉を使えば、湧き起こった新しい「表象」についてである。

パラレル・リアリティというものが実際に生まれるのはいつのことか分からないし、そんなものが生まれるのかも分からない。しかし、もうすでにその時の気持ちだけは、我々に用意されたのである。

ハプニング大歓迎

ハプニング大歓迎

先月、ある映像機器メーカーで社員の方達を前に講演をした。『新しい映像を作り出す方法』という講演テーマであった。例えば、私の映像の作り方の一番特徴的なことは、「音から作る」ということだったりするのだが、なぜその方法が有効なのかということを、理論的に、また実証的に示すということで、75分の時間を与えられた。

映像操作が必要な内容になるので、実は、本番で不備が無いよう、2週間前にその会場で、講演を主催する部の方々と細かなリハーサルを行っていた。

本番当日の朝9時半、会場に1時間前に着いた私はロビーでお茶を飲みながら、これから行う講演の流れを頭の中でおさらいした。まずは、自己紹介を兼ねて、今まで作ってきた映像を見てもらう、そこで8分経過。その後、具体的な映像手法を、理論も含めて4つ披露しよう、ひとつに6分ぐらいかけるとして、計24分、つまり始まりから32分、誤差を入れて35分としても、あと40分残っている……。こんなシミュレーションが終わった頃、司会の方にそろそろ、と促され演台に向かった。

演台に立つと、何百人も入るその会場は一杯であった。スクリーンは会場の前方に1台と、後方の人のために壁面に沿ってさらに大きなスクリーンが天井から降りてきていた。さすが、映像機器の会社である。よく見ると、広い天井の中央には普段は格納されている巨大プロジェクターが、まるで宇宙戦艦のように現れ、スクリーンを狙っていた。否が応でも昂揚せざるを得ない状況である。そもそも、講演準備のための徹夜のせいで、私のテンションは既に高かった。

いよいよ司会者が私を紹介して、講演が始まった。予定通り、自己紹介を兼ねての映像をまず掛ける。照明も打ち合わせ通り一段暗くなり、映像が掛かった。映像は、確かに映った。しかし、しかしである。なんと音が出ない。「音から作る」という話から始めるのに、音が出てこないのである。でも、このくらいのことで動揺してはいけない、すぐに直るだろうと自分に言い聞かせた矢先、今度はいままで出ていた映像が上下に大きくずれ始めた。私は上映を一旦止め、コントロール卓のまわりで慌てている運営の人に調整を任せることにした。しかし、一生懸命やればやるほど、かろうじて小さく出て来た音がずれたり、ノイズが出たりという新しい症状が出始めた。会場も少しずつざわめいてきた。中には会社柄、調整している人達よりも機器に詳しい方もいて、いてもたってもいられずか、前に出て来て一緒に原因を究明してくれていた。そのざわめきの中、瞬間的に2つの事が私の頭をかすめた。そして、その直後、私は急速に落ち着きを取り戻し、自分の奥底から、ある静かな意欲が生まれてくるのを感じた。

　その意欲とは、入念に準備し、編集してきた映像に頼るのではなく、今この場で自分が話したいことを話そう、自分の声で伝えようという気持ちだった。時間にしたら、トラブルが始まって1分もかかっていなかったと思う。

　それから、30歳になるまでインスタントカメラも持った事のない自分がなぜ映像を作り始めることになったのか、その遅いスタートが自分に何を強いたのか、そして、自分が独自に始めた映像手法があり、その中心になるものが「音から作る」という方法論で、例えば、このような音を作ってきたと、機材を使わず自分の口で発声し、聴いてもらった。会場はシーンとなり、聴き入ってくれた。トラブルのことなど、もうみんな忘れてしまったかのようである。その頃、調整も終わり、予定の講演内容が進められることになった。腕時計をそっと見ると、ちょうど15分過ぎていた。

この日の講演のトラブルは15分で修復できたが、過去には、2時間の講演時間で1時間強、トラブルが修復できないものもあった。先程、頭をかすめた2つの事と書いたが、そのひとつがその時の事である。それは、17年前、確か新橋の大きなホールで行った講演であった。その日は3名の講演者がいて、私は1番目であった。その頃はコンピュータなど無く、発表はスライドを使った。「今日話すキーワードはこれです」と言いつつ、スライドの1枚目を映すためにリモコンのボタンを押した。その時である。スクリーンに一瞬文字らしきものが映った瞬間、プツンと音がし、画面が暗くなった。球が切れたのだ。それから主催者側は大慌てであった。スライドプロジェクターの電球の換えなど普段は用意していない。私も切れたのを見たのは初めてであった。その特殊な電球を用意するのに、1時間は要すると見越された時、司会者がざわついている会場に向かって事態を説明し、さらにこのように続けた。「1時間も待つのは、なんですから、登壇されている方々、何でもいいので話してもらえないでしょうか」進行役も困りに困っての発言ではあろうが、いきなりふられて、壇上の3名もうろたえた。しかも演台にいるのは私である。しかし、この時、私は妙な落ち着きが生まれてくるのを感じたのだった。この状況を会場のみんなは分かっている、うまく話せなくても許してくれるだろう……。崖っぷちに立たされながらも、そんな風に考え、まだ自分の内でも充分に言語化できていない最新の関心事について一生懸命話した。

そんなハプニングに見舞われた講演の終了後、まだ沢山の来場者がいるロビーに降りていくと、いろんなところから、佐藤さんの最初の話がやけに面白かったなあ、と言われた。そして、本講演よりもよかった、という人もいて、私は少なからぬショックを受けたりもしたのである。しかし、そのハプニングが起こった後の自分は、与えられた題目や用意した流れから解放されて、何か生き生きとした時間を感じていた事も事実であった。

頭をかすめたもうひとつの事は、ゴルゴ13の事である。なんで講演のハプニングの最中に、漫画の事が浮かんだのか？

少し入り込んだ話になるが、史上最強の狙撃手であるゴルゴ13は、ある回、彼の行動パターンをすべて解析した犯罪心理の教授、ある種のマッドサイエンティスト、と戦うことになる。ゴルゴ13の繰り出す手は次から次へと読まれ、何をやっても先手先手を取られてしまうという設定である。その際、彼が取った行動とは次のようなものである。最後の戦いの数日前、裏社会のなんでも屋に、あることを依頼する。普段なら、特殊な車や武器の発注をする場面だが、その時の依頼ほど奇妙なものはゴルゴ13史上無かった。なんと彼は、その教授との戦いの場で、敵では無く自分を攻撃してくれ、と依頼をしたのであった。しかも攻撃の手段はそのなんでも屋に任せ、自分では分からないという不利な状況に敢えて追い込むのである。

結果、何が起こったか。ゴルゴ13の行動を次から次へと読む犯罪心理の権威は、ゴルゴ自身も予測できない事態に陥ることで、彼の行動を読むことができなくなったのである。もっとも、ゴルゴ13も思いも寄らぬ上空からの爆弾攻撃を必死で避け続ける。そんな大ハプニングの中、彼は教授に近づき狙撃したのであった。

企画という言葉がある。もくろみ・くわだてと辞書には書かれている。自分は、映像にしろ、展示にしろ、デザインにしろ、企画こそすべてだと思っているところがある。しかし、『孫悟空がいくら頑張ってもお釈迦様の手の内にとどまっていた』ような、いつもどこか越えられない閾《いき》を感じていたのも事実である。それが、準備されたものの限界である。人間が頭だけで考えたもくろみなんて、ある枠の中の考えである。それを聴衆や読者はいとも簡単に感じ取ってしまうのだ。

講演でのハプニングで、実は妙ではあるが、私は、やっと枠から解放されたのであった。そして、毎瞬毎瞬の現実を開拓するように手探りで話をした。大変ではあったが、その時の自分は充実し楽しかった。自分で勝手に設けた義務から解き放たれて、話したいことを話しているのである。じゃあ、いつも準備しなければいいではないかとなるが、やはり、そうもいかない。心配症で講演に臨めないのである。というわけで、ハプニング大歓迎。

ものは勝手に無くならない

ものは勝手に無くならない

毎週、ウォーキングを兼ねて、区の図書館に行く。大学の図書館とは違う並びが見られて楽しいし、ＣＤの題目に落語などもあって、借り甲斐がある。結果、思わずたくさん借りすぎ、前回何を借りてきて今回何を返さなくてはならないのか、混乱することもたびたびである。

先々週も、数学の歴史について書かれた珍しい本を見つけ、単なる好奇心から借りる本の一冊に加えてしまった。

その後、偶然にも、研究室で数学のあるテーマを取り上げなくてはならなくなり、そうだ、あの本にその事がうまく説明されていたなあ、と思い出し、あわててその本を探した。ところが自宅にも事務所にもなく、そうか、先週、借りていた本をどっとまとめて返却した際に、その中に紛れたんだなと、また今週も図書館に出かけた時に借りることにした。

前と同じ棚でその数学の本を見つけた時は、やっぱり返していたんだ、と妙な安堵感が得られただけでなく、また出会えた悦びさえ生まれた。目的のそのページにいくと、やはり記憶どおり、面白いエピソードと共にそのテーマに関する解説があった。借りてから、コピーをする必要もあり、事務所に持っていくために通勤鞄に詰めた。

事務所に着くと、デスクの女性が近づいてきて、何かなと思ったら、「佐藤さんのですよね、これ」といつも使っているトートバッグを持ってきてくれた。そう言えば、この2、3日見かけなくなっていた。きっと、掃除か何かの際に、事務所の隅の方に移動させられ、そのままになっていたのであろう。しかし、私は、それを受け取った時に、ぽかんとしてしまった。口のぱっかりあいたトートバッグから見えているのは、先ほど、自宅で鞄に詰めたばかりのあの数学の本だったからである。

私は、恐る恐る通勤鞄のジッパーを開けてみた。すると、同じ本が顔を出したのである。その時、この本、返してなかったんだ、そして、あの図書館にはこんな特殊な本が2冊あったんだ、と分かったのである。

今の図書館はインターネットで貸し出し状況を検索できるので、確認してみると、やはり自分は同じ本を2冊借りていた。それにしても、こんな本が、あんな小さな図書館に2冊もあるなんて。2冊をしげしげ眺めたら、一冊の方は「寄贈」と印が押されてあった。互いの所蔵年月を見てみると、図書館が一冊を蔵書にしてから半年後にもう一冊が寄贈されていた。15年前の日付とある。それで、こんな特殊な本が重複したのである。

私は、自分の取った行動を顧みてみた。自分が借りてきた一冊の本が、自宅にも事務所にもない、と思った時に、図書館に返してしまっていて、あの棚に戻っているのかも、という期待にも近い予想を出した。だからこそ、あの棚でこの本を見つけた時、ほっとしたのである。

この思考の過程は、実は、そんなに特殊なことではない。我々の住んでいるこの世界では、ものは勝手に無くなったりはしないからである。

しかし、そんな当然とも思われることではあるが、我々は生まれつき、そのことを分かっているわけではない。発達心理学の観点から言うと、このことは、生まれて半年以降ぐらいに赤ちゃんが獲得する能力のひとつなのである。少しずつ目が見えるようになっても、4〜5カ月内の赤ちゃんにとっては、目の前に無いものは存在しないと同じことで、例えば、今、目の前にあるミルクの入った哺乳瓶を誰かが隠して直接見えないようにすると、赤ちゃんにとって、もうそれは無いのと同じになってしまうのだ。

しかし、およそ8カ月ぐらいになると、隠しても、それは無くなっているということではなく、見えないだけということが分かり、目や手で捜そうとするのである。「この世から、ものは理由もなく無くならない」という素朴な物理則が体得されるのだ。

これは『物の永続性』と称される現象である。

赤ちゃんは「いないいないばあ」が大好きであるが、いつの間にか、大きくなるにつれ、そんな単純なことでは喜ばなくなってしまう。小学生の頃、赤ちゃんはよくこんな面白くないものが面白いものだと思ったことがある。「いないいないばあ」は、相手の顔が一旦見えなくなっても、それで無くなったと興味を失うのではなく、隠された向こう側にはきっといるんだろうという期待が生まれているからこそ楽しめる遊びだと言われている。『物の永続性』を獲得したてだからこそ面白いものなのであろう。

図書館の本の出来事は、まったく同じ本が2冊あったという手品の種のような偶然があり、見事にだまされてしまったのだが、実は、私は過去に研究の一環で、この『物の永続性』に関する実験のためのいくつかの図版を作っている。それを皆さんと一緒に試して、今回は終わりにしたい。

まずは、左の図1を見てほしい。この上下のふたつの絵を順に見ると、ネズミが四角い枠の中を、左上から右下の方に移動したというように自然と見える。

図1

今度は、図2を見てほしい。このふたつの絵を上から順に見ると、どうであろうか。

図2

上の絵には見えていたネズミの姿が下の絵では見えない。この時、あなたはどう思うだろうか。多くの方は、黒い四角の下に隠れているように見えるのではないだろうか。もし、そのように見えたとしたら、あなたには、多分、あなたが生まれて8カ月目頃に獲得した『物の永続性』が働いているわけである。

では、次の頁の図3を見てほしい。この下のコマには何も描かれていない。このコマの内側の、例えば右隅の辺りに、あなたの右手の人差し指の先を置いてみていただけないだろうか。置いてみて、改めて、このふたつの絵を上から順に見ると、どうであろう。もしかして、ネズミがあなたの人差し指の下に隠れているように見えないだろうか。そう見える気持ちが少しでも起こったとしたら、あなたは、この下のコマには何も描かれていないことを知っているのにも拘わらず、そんな気持ちを持ったことになる。つまり、この世から、ものは理由もなく無くならない、という『物の永続性』という規則が、あなたを支配していることがここから分かるのである。

図3

はじめての彫刻

美術学部石膏室©東京藝術大学

はじめての彫刻

その教室は体育館よりも天井が高く、いままで講義をしたことのあるどんな階段教室よりも広かった。

そして、高い天井には大きな光採りの窓があり、柔らかな自然光を部屋中にもたらしていた。

「この石膏室は、ご覧のようにミロのヴィーナスを始め、ロダンの作品のレプリカも多く置かれ、学生がデッサンの練習をしたりできるようになっています」

私は、案内されたひとつの教室で、そのはじめての景観に呆然としていた。

机も黒板もまったく無い教室の一隅には、代わりに無数のイーゼルが置かれ、それを使って授業が行われることが窺い知れた。部屋の入口の脇には、おそらく何代か前の学生の習作であろう彫刻が、片付けられないままに放置してあるのが見えた。

一緒に案内された他の教員達は持っていたデジタルカメラで、石膏でできた仏頭やローマの勇士の姿を暗黙のまま撮影していた。口をきけない彫刻群を前に我々も口をつぐむしかないようであった。

東京藝術大学の教員といっても、油絵や彫刻やピアノや作曲をやるのではなく、映画やアニメーションやメディアアートという、比較的新しい表現分野である映像を、研究・教育する新設の学科に勤める我々を対象に、百二十年の歴史を刻んできた上野の施設を巡るという学内の企画があり、その最中のことであった。

我々の校舎は芸術の香り漂う上野ではなく、潮と船の油の匂いが漂う横浜の港の端にあるので、なかなか上野校舎は縁遠く、それでこんなツアーが組まれたのであった。

図書館・奏楽堂・石膏室のあとは藝大美術館であった。普通は入ることの許されない収蔵庫に案内され、数多くの美術品とその管理体制を説明された。中学校の美術の教科書に載っていた絵も時折見られ、有名どころばかりを目が捜している俗っぽさにひとり恥じていると、やはりその辺はみんな同じらしく、覚えのある絵の前では感嘆の声を押し殺したようなため息が聞こえてきた。そんな中、彫刻が収蔵されている部屋に通されると、やはり高村光雲や高村光太郎、朝倉文夫といった名だたる作家の作品があった。不勉強のため、はじめて見る彫刻もいくつかあり、その中には案内してくれた美術史の教授の「この作品は学生の卒業制作で、その年の藝大の買い上げになったものです」という説明をしてくれた彫像もあった。そして、いつまでも続くそれら収蔵作品の中を歩いている内に、四十数年も前のことが急に思い出された。

私の故郷は、伊豆半島の西側にある戸田《へだ》という漁村である。砂嘴《さし》という地形から生まれた自然の港があり、港の入口には地形の名前の由来になった鳥の嘴《くちばし》のような細長い砂浜が延びている。

私は中学生の頃、日曜の朝になると、決まって御浜《みはま》と呼ばれるその砂浜に自転車で出かけた。寒い時期特有の西風が、ようやくおさまってきた4月のある日曜のことであった。いつものように、同級生と御浜に自転車で出かけていった。何をするわけでもなく、一周してくれば気が済むのである。

毎年、夏になると、海水浴客で一杯になるその砂浜には、網干しの漁師の姿が時折見られるくらいであった。天気が穏やかで、我々はそのまま戻るのでは物足りなく感じ、外海《そとうみ》と呼ばれていた駿河湾に面した波の荒い側に向かった。外海からは富士山が大きく聳《そび》えて見えた。

自転車を降りた我々は、灯台に向かう堤防の上を歩くのではなく、波に洗われた石をごろごろ踏んで崖っぷちの方に向かった。俄な冒険心が起こったのである。普段の外海は風が強く、内海に向いた砂浜が静かであっても、ザザーンと波が岩に砕ける音が絶え間なくしているのだが、その時は、不思議と凪いでいた。我々ふたりは、崖っぷちに着くと、さらにごつごつと岩が続く波打ち際を崖に沿って南下し始めたが、潮が満ちてきたら戻れないのではないかと怖くなり、冒険もそこまでにした。

そして、戻ろうとした時、我々の目にあるものが飛び込んできた。

それは、崖の壁面を削って誰かが彫った女の人の裸像であった。来るときは、足下の岩場しか見ていなくて気づかなかった。近寄ると、崖の地盤の固い土の部分を何かで彫って作ったのがわかった。まだ、その下には新しい土が落ちていた。等身大のその姿は、若い女の人の裸身であった。今のように雑誌やテレビで水着や裸の女の人を見る機会がない時代のことで、異性を意識し始めてから見た女性の裸体は、それがはじめてであった。ふたりとも声も出なかった、しかも恥ずかしさでじっと見るわけにもいかず、駿河湾を背にして、もじもじとしていた。その彫刻を盗み見ているうちに、私の中ではそれを彫った人の物語が自然と生まれていた。

東京で芸術というもの、彫刻というものを志した若者が挫折を繰り返し、とうとうその道を諦めるかどうかまで追い込まれ、逃げるように旅に出る。観光客のひとりもいないこの漁村にやってきて、外海で荒れる海と富士の山をじっと見て数日間を過ごした。何の心の進展もなく、またお金もなくなって、東京に戻らなくてはならない前日、またやって来た御浜の外海、その日は敢えて、いままで行ったことのない方角に向かった。もしかして、自死ということも脳裏をかすめたかも知れない。ザザーンという波音を聞きながらふと目に入った崖っぷちの壁、そこに落ちていた木片や缶詰の金属片で夢中になって彫りだす。途中からはもう自分の手だけを使って、曲線を造り出す。日が翳り始めた頃、ふと気づくと、一体の彫刻が出来ていた。見る人はひとりも来ない崖っぷちの美術館。その人の迷いは取れたのか取れなかったのか。

私は、もう行こうと同級生を促して、そこを去ることにした。そして、同級生が見ていないことをそっと確認して、思い切って、その女の人のふくらんだ胸に掌を当ててた。直接の感触は土のざらざらではあったが、それを超えて、それは確かに女の人のふくよかな胸であった。鼓動が高くなるのを感じた。いまだに私の掌にはその人の胸のふくらみが残っている。

翌週の日曜日、自転車でひとりその場所に行ってみた。すると、もうその土の彫刻は強い風と潮に打たれて消えていた。かろうじて胴体があったことが分かるくらいのわずかな盛りが認められるだけであった。それが私にとっての、はじめての彫刻であった。

藝大の美術館を出ると、冬ではあったが、明るい陽が差していた。私は、芸術の道を志そうとしたことは一度もなかった。しかし、紆余曲折があり、今、この場所にいる。

あの崖の裸像を彫った人が、誰だったのか。ここの学生であったなんてことはないだろうが、私の中だけではそう信じてもいいような気がしている。

見えない紐

見えない紐

最近「作法」という言葉をよく使う。食事の作法とか、お葬式の作法というような通常の使い方ではなく、大学の講義や研究室で、新しい絵本やテレビの番組をどのように創り出すかという時に、その言葉を使うのである。

例えば、従来の絵本には、まず物語があり、それを軸に読み進めるという作法があるが、『ウォーリーをさがせ』という絵本では、大勢の人々に紛れている主人公のウォーリーをさがすという、その本との接し方、つまり作法があり、その新しい作法により、従来とは違う楽しみが生まれている。

新しい表現の研究と開拓を目標のひとつとしている私の活動は、この「作法」の研究と開拓をしていると言い換えてもいいほどである。

私たちは、日常の物事を進める時、多くは無意識のうちに、時には意識的に、何らかの作法を採用している。お箸とお茶碗の持ち方、お葬式でのふるまい方、電話でのやりとり、そしてテレビの見方や、この文章の読み方に至るまで。

作法という言葉を辞書でひくと、【1. 物事を行う方法。2. 起居・動作の正しい法式。3. きまり。しきたり】

とあるが、お箸の持ち方や葬式でのふるまいといった作法は、この通常の理解の範疇であろう。しかし、電話でのやりとり、テレビの見方、文章の読み方ということにおける作法となると、それを超えているので、『ウォーリー〜』の一例だけだと、まだ説明不足かもしれない。

この場合、この作法という言葉を「話すため・見るため・読むために前提となるきまりや約束事」と再定義すると分かりやすい。電話では、話し始めに「もしもし」という約束の言葉を言い、それがあるからこそスムーズに本題に入ることができる。テレビでは、勝手に映像が流されるのではなく、基本的にはテレビ欄にあるような番組表にそって放映される約束があるし、地震情報などは突然番組中に挿入されても、当然の如く受け入れられる。情報伝達の世界では、このような前提となるきまりや約束事のことをプロトコルと呼ぶが、このプロトコルを取り決めないと、コミュニケーションが滅茶苦茶になってしまうのである。

以前、研究生にトランシーバーをひとり1台持たせ、大学の広い構内で、ある作業をさせた時、おのおの一斉にしゃべりだし、誰が誰に対して何を伝えたいのか、そして、どこまでが言いたいことで、いつ話が終わったのか、まったく分からず大混乱したことがあった。その時、話し始めに「こちら○○です。△△さん、どうぞ」話し終わりに「~以上。」ということをきまりとして約束させたら、途端にその混乱は消滅し、トランシーバーは本来の効力を発揮しだしたのである。しかし、プロトコルは、情報伝達の時、めんどくさかったりするとそれを守るだけで精一杯になるので、あまりよくない。いいプロトコルは、電話での「もしもし」のように、もう使っている人も、特に使っているという意識も持たせないくらいのものにならなくてはならない。つまり、無意識な存在にならなくてはならないのである。

では、今、皆さんが読んでいるこの文章は、どのような作法（=プロトコル）で読まれているのであろうか。これから、その無意識を少しずつ明らかにしてみようと思う。大前提として、文章というものは基本的に、連続しているものとして扱われているものである。例えば、行の途　中　で、文　がこ　の
ように　　と　　ぎれとぎれに切れると、皆さんは途端に変だ、と感じてしまう。しかし、途切れたとしても、順序さえ守っていれば、このように意外と難なく読めるものではある。

このことをよく考えると、文章というものは、まるで一本の見えない紐に、文字がビーズのように通っているかのように前提を持たせているのではないだろうか。もし、そのように、文字というものがビーズのように紐に通ったものだという約束事が私たちの中に無意識にあるとしたら、このような文章の流
　　　　　　　　　　　　　　　　　　れにもついてくることができるのではないだろうか。皆さんの目は「流」という文字を見たあと、ほんの一瞬、白い空間を彷徨って、

「れ」という文字に行き着いたはずである。

ここまで、通常とは違った文字列が2カ所でできたが、普段とは明らかに違うことは分かりつつも、簡単に読み進めることができたと思う。それは先程から述べているように、文字があたかも紐に通されているビーズのように、順序が守られて並んでいることを想定して、私たちは読み進めているからであるし、その上、読み進めていくごとに文意をも酌み取っていて、文意が的確に発現した時に、自分の読み方＝作法は、間違っていないだろうという〝確信〟が生まれて来ているからなのである。

では、次

思われ

文章は、

いかが

のような

るだろうか。これは、文字列の順序が狂っていても、ある程度の狂いなら、意味を取る力により、その順序を人は補正することができるのではないかと考え、試作したものである。

他にも、全然意識されていない作法・約束事はたくさんある。例えば、行の一番下の文字と、次の行の一番上の文字は繋げて読んでいるという作法もそのひとつだと言える。

当たり前のことを言い過ぎていて、何を言っているのか、訝しく思う方も多いかもしれないが、つまり、皆さんと、本を作る側とに、そのような固い約束（ほら、皆さんは疑いもなく、しかも難なく、行の一番下まで来ると、次の行の頭にぽんと飛んでいます）が結ばれているわけなのである。

皆さんの目を誘導するこの見えない紐とビーズを図式化すると次の図1のようになる。

ところで、この見えない紐の紙面への置き方について考えると、右の図2という置き方も屁理屈的には存在する。ちょっとそれを採用して、試してみると無理すれば読めないことはないが、読みづらいことは甚しい。慣れればこの作法

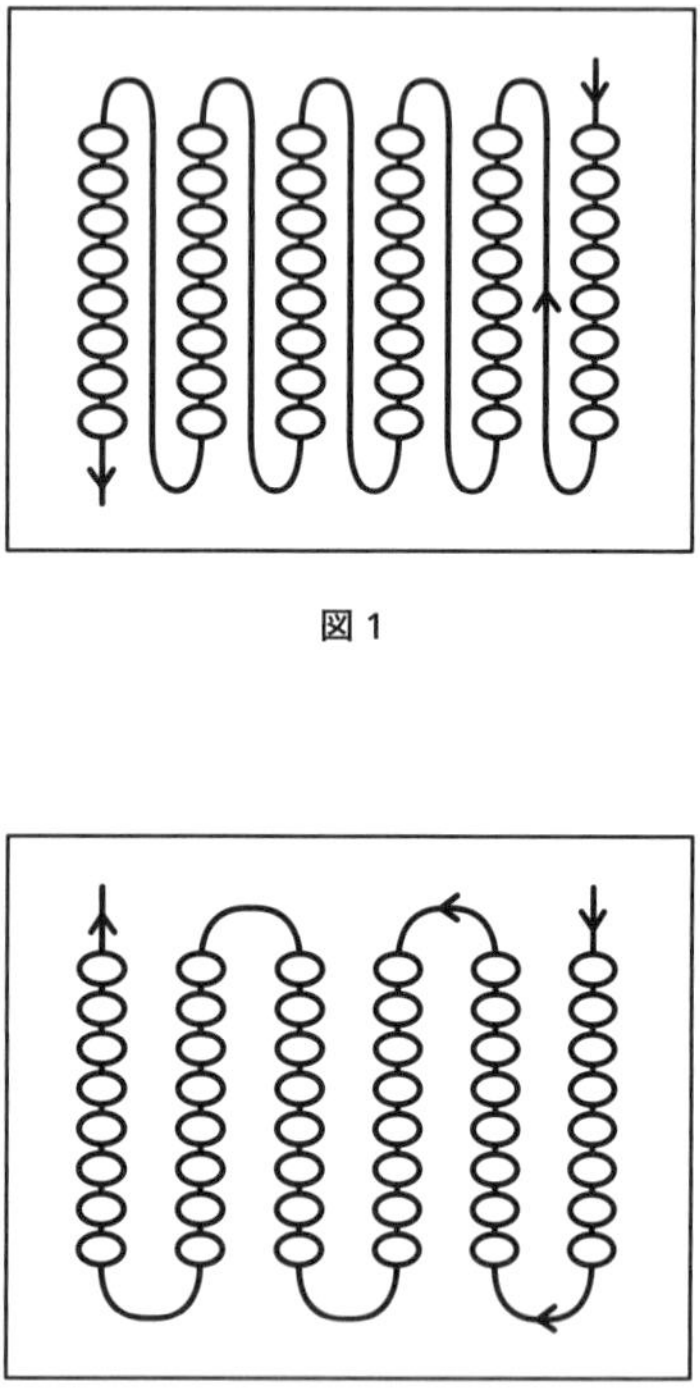

図1

図2

も大丈夫だという許容範囲をはるかに超えている。人間の生理に逆行するようなこの流れに打ち勝つのは大変である。そして、この元の作法に戻しましょう。こんないたずらめいた事をしたおかげで、作法というものは、なにも単に頭ごなしの約束事だけでなく、人間の習性に、ある程度沿ったものでなければならないことが予想されるのである。

さてここで、改めて、先程の不自然な文字列を読み終わった瞬間のことを思い出してほしい。例えば、「流」と「れ」の間の、目の彷徨いが生んだ音の空白。例えば、逆さの文字列が、元の作法に戻った時の、旅先からやっと我が家に帰れたような安堵感。このような、今まで文章を読んでいて感じたことのない心持ちが、皆さんの体のどこかに、かすかに起こっていたとしたら、今回、この読みにくい文章に付き合っていただいた甲斐があったということである。当然のようになってしまった作法も再度捉え直すと、そこには我々が体験できなかった新しい表象が潜んでいることもあるのである。

ふるいの実験

この章は、雑誌『暮しの手帖』に掲載されたことを特に踏まえた上でお読みください。

ふるいの実験

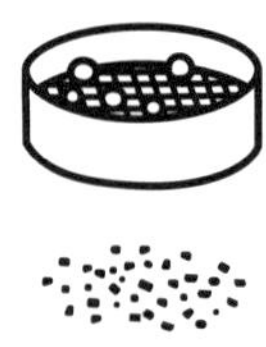

『暮しの手帖』を開け、そして、この「考えの整とん」という文章に今、目を落としておられる方々、お読みいただきありがとうございます。

いったい、何人位の方々が、延べ人数として、この文章を読んでくださっているかは計り知れないところがあるのですが、今日は、皆さんと一緒に、雑誌史上、初めての試みをしたいと思います。途中で、この試みへの参加資格を失った方、一方的で恣意的な基準を設けて、申し訳ありません。何のことか分からないとは思いますが、あらかじめ、謝っておきます。

担当の編集の方から伺ったり、あるいは自分の周りを見ると、昨今、この『暮しの手帖』には若い読者が増えつつある傾向です。大学の研究室でもまだ20代前半の女性たちが、とても関心を持っています。確かに、テレビや雑誌から流れてくる芸能的なニュースや煽動的な情報には辟易していて、身の周りのこと、暮らしのことをしっかり考えたい、という若い人が増えているのも合点がいきます。そういうことは重々分かってはいますが、ここで、この先の文章を読み続ける条件として、40歳以上の人という制限を設けさせてください。つまり、39歳以下の方は、ここまでで、この先には行けないということなのです。お金を出して購入して、読んではいけないなんて、仰天もの、怒り心頭ものであるとは思いますが、ある試みということで認めてほしいのです。では、39歳以下の方、ここで失礼します。

40歳を迎えたのは、いつのことだったでしょうか。数十年前、数年前、数カ月前……。人類初の月面着陸や三島由紀夫さんの自殺をあなたはどんな状況で受け止めていましたか。40年以上も生きれば、いろいろあります。目も酷使し、弱くなっていたりしませんか。そこで、この先を読むことができる資格として、今、まさに眼鏡をかけて、あるいはコンタクトレンズをつけて、この文章を読んでいる方とします。裸眼の方はここで失礼します。これからも目を大事にしてお過ごしください。

私自身も料理や洗濯や、お風呂洗いが好きだったりして、世の中の男性にも、家事や育児に興味のある方が多くなってきていると思います。周りには共働きの夫婦がとても多いのですが、交代で保育所への送り迎えなど、二人力を合わせて、生活と仕事を両立させているさまには頭がさがります。しかし、ここでは、やはり、女性に敬意を払って、この先を読み進めていく条件を、女性と限定させてください。ここまで読んでいただいた男性の方々、これからも健康に留意して、充実した40歳以上生活、そして眼鏡・コンタクトレンズのある生活をお過ごしください。失礼します。

さて、40歳以上で、眼鏡・コンタクトをしている女性の方々、今まで、どのようなリズムで毎日を過ごしてきたでしょうか。仕事をお持ちの方は、毎日の仕事がそのリズムを作ってきたり、ご主人がいた場合はご主人の職種がそのリズムを作ったりしていると思います。そこで、かなり限定されますが、ご主人が銀行関係のお仕事をしていた方に限って、この先を読むことができる、といたします。かなりの方が、この条件のために、ここでお別れとなってしまうと思いますが、ここまで付き合っていただき、心から感謝いたします。

ご主人が銀行関係だと、個人差は多少あるにせよ、他の家庭よりは、規則正しい毎日を送っていそうです。しかし、年末は大変です。普通の会社が、仕事納めを済ませた大晦日でも当然ご主人を送り出さなくてはなりませんし、したがって大掃除などは、家にいる者の仕事になります。ご主人はご主人で、最後に、計算が1円でも合わないと、仕事納めにならないという正確さを要求される仕事です。そんな方々の中でも、特に、典型的な一男一女を育てた家庭をお持ちの読者の方だけが、この先を進めるということにします。ここまで条件が合っていたのに……と、悔しい思いをしている方もいるとは思います。しかし、ここは潔く諦めていただきたく存じます。

目は弱くなっているとはいえ、一男一女を育て、銀行関係のご主人を支えてきたあなたの体は、ここまでの人生でいろんな事態に遭遇したことでしょう。思わぬ病気や怪我で入院したことがあるかもしれません。もしかして、体にメスを入れなくてはならない状況もあったのでは……。ここでは、今まで、入院して手術をした経験（それが盲腸であろうとも）がある方に、この先を読む資格を与えたいと思います。手術をされた経験のない方、これからも健康で過ごされますよう祈っております。

今度は、誌面の都合でふたつの条件を同時につけさせてください。

今、仕事で海外に行くと、日本のご婦人方にお会いすることがとても多くなっています。フランスやイタリア、またエジプトや中国など魅力ある風景や食べ物にあふれているので無理もありません。しかし、家庭の環境が遠因になって、今まで海外旅行に行きそびれた方もいるかと思います。ここでは、まずひとつの条件として海外渡航の経験のない方、そして、その遠因のひとつかもしれませんが、今、お年寄りの介護を家庭でなさっている方だけに限って、この先へ進めることとします。海外に行ったことのある方、そして、介護をされていない方、長く付き合っていただき感謝いたします。

さて、最後の条件にいきます。最後はペットです。今、家で犬とインコを飼っている方のみに限って、この先を読んでもいいことにします。犬だけならうちにも……、という方、ここまで来て大変残念でした。最後はぐっと絞るためにも、インコという特殊な条件が必要でした。ご容赦願います。

日本中に、この先もこの文章を読む条件を持った方がどの位いるでしょうか。もし「あ、私まだ残っている……」という方がいらっしゃったら、編集部までご連絡ください。ささやかながら、記念の品を個人的に贈らせていただきます（※）。

しかしながら、ここまで条件が厳しいと、もう読んでいる方は皆無かもしれません。が、私は、ここまで確実に来られる人を少なくとも一人、知っています。個人的な関係で恐縮ですが、実は、私の姉は、ここまで読む条件を備えているのです。

昨年、還暦を迎えた姉は、普段は眼鏡をかけませんが、文字を読むなど細かい作業の時は老眼鏡をかけます。姉の夫は、大学卒業以来、銀行員一筋で、とてもきちんとした生活を送ってきて、今は退職をし、人生を楽しんでおります。姉は、結婚前に盲腸の手術をしておりますが、おかげさまでその後大病らしい病気はまったくしていません。子供も男、女と順に恵まれ、その子たちも結婚し、双方に孫にあたる女の子がおります。海外は旦那さんの飛行機嫌いや、ご両親、実の母親の介護もあり、経験はありません。犬が大好きで、ビンというボーダーコリーを飼っています。以前は、小さな犬もおりましたが、亡くなってしまいました。数年前、どこかのインコが迷い込んできて、飼い主を捜していましたが、分からずにそのまま飼う事になり、前の家で覚えたらしく、時々、テレビのニュースらしきものをしゃべっています。そして、なにより姉はこの『暮しの手帖』の大ファンで、もう何十年も購読しており、姉が読んでいるという事実は、私がこの誌面でこのコラムを書く心理的なきっかけのひとつでした。お姉さん、いつも豊さんと力を合わせて、お母さんを看てくれてありがとう。

今回は、メディア上でふるいをかけると、かけられた方はどういう気持ちになるか、という実験を試みさせていただきました。読者の皆さん、編集部の皆さん、個人的に誌面を使ってすみません。それから、私の勝手な指示通りに、素直に途中でやめてくれて、最後まで読めなかった方々には、このまとめの文章も目にできず、それに対しても申し訳なく感じます。が、もう読んでいらっしゃらない訳で、なんとしたらいいのでしょうか。

※残念ながら、最後まで条件を満たされた方は、姉以外の読者の中にはいらっしゃらなかったようで、編集部への連絡はありませんでした。

言語のはじまり

アヌシー旧市街

言語のはじまり

今、フランスはアルプス山脈の麓、アヌシーという町に来ている。旧市街の町並みや、ヨーロッパ一の透明度を誇るアヌシー湖、それに続く険しい山並みなど、あまりに美しすぎて、かのセザンヌが訪れた時、「美しいことは認めるが、あまりに絵画的で退屈」と言ったという逸話が残っているほどである。

アヌシーは、落ち着いた上品な観光地であるが、もうひとつの顔がある。それは、1960年から続いている〝アヌシー国際アニメーションフェスティバル〟である。その実績と歴史から、アートアニメーションの制作者達にとって、アヌシーは聖地と呼んでもいいほどの存在である。今回、私は、そのフェスティバルに参加するために訪れているのである。

このフェスティバルは、毎年初夏に開かれ、一週間の期間中、全世界から数万の参加者が集まる。もともと人口が5万人の町なので、この時期は町全体がこのフェスティバル仕様になる感じである。連日、町中の映画館を使って、ショートフィルム部門やテレビ番組部門、学生部門といったプログラムが上映される。

プログラムは60ほどあり、とても全部見切れるはずはなく、参加者は、あらかじめ発表された予定表の中から、観たいものを組み合わせ自分の時間割を作り、観るのである。上映は、午前10時半から始まり、最終回は、なんと夜の11時からなので、まともに観るとへとへとになってしまう。

そんな中、なによりも楽しみなのは、上映プログラムをうまく組み合わせて、空き時間を作っての食事である。地元の料理であるタルティフレットというジャガイモとチーズをふんだんに使ったポテトグラタン、焦げ目もきれいなガレット、名産のチーズで作るチーズフォンデュ。地元のおいしい料理を食べながらも、同行の人たちと話すのは、もちろん見たばかりのアニメーションのことである。こんなアニメーション漬けの毎日を送り、ふと気付くと、持参したノートには刺激を受けて思い付いたアイデアがぎっしりと書かれていた。

アヌシーに来て4日目の夜のことである。最終の上映を見終えて、ホテルの自分の部屋に戻ったのは、夜中の1時過ぎであった。疲れに時差ぼけが重なり、頭は朦朧としていて、そのままベッドに倒れそうであった。しかし、かろうじて顔だけは洗い、眠さと格闘しながら、歯も磨き、後はベッドに入るだけになった瞬間、こともあろうに、まだ興奮がくすぶっていたのか、脳の片隅に、ある映像のアイデアが突然生まれた。常日頃の習慣から、思わず手近なメモ紙にそのアイデアを書き付けようと、ベッド脇のテーブルに置いた万年筆に手を伸ばし、キャップを開け、眠さと闘いながら、浮かんだアイデアが消え失せる前に書こうと試みた。しかし、何と言うことか、万年筆のインクが切れている！

夕方使っていた時にインクがなくなってそのままだった。「ここまで頑張ったんだから今ベッドに倒れても許されますよ……」睡魔という悪魔がやさしい声を出す。そうだよ、メモする手段がないんだから、しょうがないよ……、自分も同意する。さらに、睡魔は囁く。「こんな面白いアイデアなんだから、朝、目が醒めた時、きっと憶えてますよ……」あぁ、そんなことは絶対ない！

アイデアなんて、一度手をするっと抜けた途端、どんな形だったのか、そもそも何についてのアイデアだったのかさえ分からなくなってしまうのだ。

今度は天使が耳元に現れ、忠告した。「どうにかしてメモしなさい、さもなくば、このアイデアは無くなってしまいます」……でも、書くものが見つからないのです。「いいえ、鞄の中を捜せば、ボールペンの1本くらいはあるでしょう」私は、ドアの近くに放り出されている、カメラやらガイドブックやらでパンパンに膨らんだバッグを見て、うんざりした。あんな中に手を突っ込んで、あるかないか分からないボールペンを捜す気力なんてもうない。きれいにベッドメーキングされたベッドを目の前にして、自分をそこまで律するだけの理性はすっかり埋もれている。とうとう私は降参することにした。あぁ一言でもいいから、このアイデアを思い出させるきっかけを書くことができたら……。ん？きっかけ？　何かきっかけ……。そこで、記憶が無くなった。

翌日、しゃきっと目が醒めた。疲労と時差ぼけは、深い睡眠を与えてくれ、死んだように眠っていた。まだ、朝の6時だ。アルプスのひんやりした空気を吸いながらの散歩も悪くない。帰ってくれば、一階のレストランで朝食が始まる。そんな一日の始まりを描きながら、シャワーを浴びて、ベッドの近くに戻った時、私は、テーブルの上に妙なものを見た。それが、次々頁の写真なのである。

なんだ？　この意味ありげなモノの並べ方は。あたかも、登山者が山の分かれ道で発見した、何かのサインのような雰囲気も備えている。石や木の枝を使って、お互いに情報を与え合うボーイスカウトの手帳に載っているような合図。その瞬間、昨夜突如、思い付いたアイデアが、どこからか頭の中に引っ張り出されてきた。そうだ、インクが切れた万年筆を恨みながら、一語でも書き残せれば、それをきっかけに思い出せるだろうにと、考えた時、何もインクで書かなくても、何か、そのアイデアを象徴するきっかけを残せばいいんだと眠さと闘いながら、最後の力を振り絞って、その場にあるものだけで、この「きっかけ」を作ったんだということを思い出した。

私は、インク壺に万年筆をつっこみ、インクを吸い入れた。そして、書けるようになったその万年筆で、昨夜浮かんだ映像のアイデアをノートに記入しながら、無我夢中で取った自分の行為について、想いを巡らせていた。

脳科学者で言語の起源を研究している岡《おか》ノ《の》谷《や》一夫《かずお》さんが、その著作※で、ことばの定義をおおよそ次のように述べている。

『象徴機能を持った単語をある順序で組み合わせることによって、世の中の森羅万象との対応をつけるシステム、それがことばである』

まさに私が恐ろしいほどの眠さの中で取った行為は「言語の発生」ということなのであった。私は、一見意味が分からないモノの配列をもって、その時浮かんでいたアイデアを勝手にそれと対応させたのであった。万年筆に順当にインクがあれば、字を書き、それで用は足り、取らなくて済んだ行為であった。

それにしても、面白かったのは、何もかも忘れていた翌朝、それを初めて見た瞬間の自分の頭の中の反応であった。見た瞬間、「ああこれは何かを示している」もっと言えば、「何かと対応している」といった気持ちが、言葉を介せず、突如として湧き起こったのである。言い切っていいのなら、自分の内にあった言語を司る原始的な能力が抗いがたく立ち上がったことに対して、動揺に近い

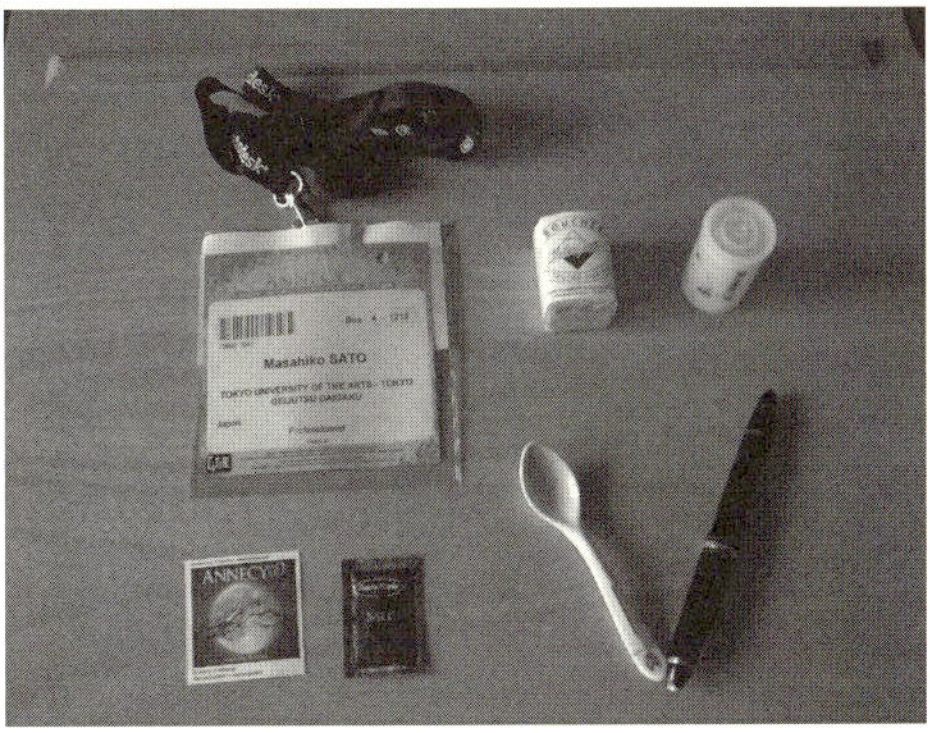
Masahiko SATO
TOKYO UNIVERSITY OF THE ARTS - TOKYO
GEIJUTSU DAIGAKU
ANNECY

感動を覚えたのである。

昨夜のアイデアをノートに書き終えて、朝食に向かった。一階のレストランは、まだ早いせいか、二組の家族しかいなかった。天気があまりにいいので、屋外のテーブルに席をもとめた。チーズやベーコンやクロワッサンをひとつの皿に盛り、ゆっくりと食べ始めた。ふと、テーブルに目をやると、蜂蜜やジャムの入った小さな壜や塩の容器があった。それを、ランチョンマットの上にフォークも合わせて、徒《いたずら》にデザインして置いてみた。そんな子供めいたことをしていると、同行している大学の同僚が、ご一緒していいですか、とやって来た。重いプログラムブックを持っている。今日一日の予定を、朝食を摂りながら決めるつもりなのだろう。どうぞと席を勧めると、コーヒーを頼む前にいきなり、これは何を示してるのですかと、その意味ありげないたずらを指さした。

※『脳研究の最前線　上』理化学研究所　脳科学総合研究センター編　講談社

無意識の引き算

無意識の引き算

家の近所に、とてもおいしい豆大福屋がある。餡を包み込んでいる皮の薄さと、ごろごろと入っているえんどう豆の食感に人気の理由があり、長い行列が絶えない。私も時間に余裕がある時には、その行列に並ぶことがある。

やっと順番が来て、いくつになさいますか？　と聞かれ、その時々で、9個とか14個ください、と返事すると、慣れた手つきで、すばやく豆大福を包んでくれる。包んでいる間でも店の人は口を休めない。こちらをちらと見て「全部で〇〇〇円になります」と流れを止めず、すかさず金額を教えてくれる。それを合図に客は千円札を何枚か財布から取り出す。こちらも、お金を用意しなくてはならない身として、注文した直後に、一個１４０円×注文した豆大福の数、という計算を頭の中でやろうとするのだが、大福の数が二桁になると、暗算できる範囲を超え、教えてくれるのを待つ態勢になっている。有名な店ということもあり、都内はもちろん、近県からの客も多く、その方たちは意気込みも違い、二十数個の注文もざらである。それでもお店の人の計算の速度は衰えない。その位の数までも、もう憶えてしまっているのだろうか？　まもなく豆大福が包まれ、引き替えに用意したお札を出す。間断なくお釣りを渡される。それにしても、あまりに淀みが無さすぎないか。

しかし、その疑問もある日、あっけなく解決した。

店構えを新しくした何年か前のことである。その日も、お土産にたくさんの豆大福を頼んだ。そして新しくなった作業場を何気なく見ていると、豆大福を包むための机の前の壁に、一枚の紙が貼ってあり、そこには、豆大福の個数とその合計金額、そして想定される客からの代金に対してのお釣りが一覧表になっていたのである。単一商品や売れ筋商品が決まっている場合には、これができるのである。考えれば、よく使われている手法である。古い店構えの時は、その表が見えない所にあったのだろう。

そう言えば、以前乗った個人タクシーで、まな板に小さな半球型の窪みをたくさん彫ったものを運転席の隣に固定してあり、整然と並んでいたその窪みに、どれも小銭が入っていたことがあった。運転手に聞くと、その小銭は、ワンメーター、ツーメーターの客に対して、千円札を出された場合のお釣りだということであった。そのベテラン運転手は、これならいちいち計算せずに小銭もいちいち用意しなくてもいいので、サッと出せて楽なんですよと自慢気に語ってくれた。

私たちは、毎日、言葉を話したり、テレビを見たり、メモを取ったり、自転車に乗ったり、当然だが意識もせず、いろんな事を行う。そのように日常では無意識に楽々やっていることは山ほどある。しかし、計算となると途端に話は別になる。簡単な計算でも、無意識に答えがパンと頭に出るものではない。その面倒臭さゆえに、豆大福屋や先程のタクシーの運転手は、それぞれの工夫を凝らし、克服するのである。

私たちにとって、計算とは、無意識に楽々と行える行為ではなく、意思を伴う行為なのであろう。

一般的な例としては、923円の買い物をした時、千円札と23円の小銭を一緒にしてレジで出すような工夫もある。1000－923だとちょっと面倒だが、1023－923なら、答えは一発である。小銭もはけるし、その時に、ちょうど100円玉が1個返った際には、ひそかな「やった！」感まで得られる。

先日、大学で同僚の桐山孝司《きりやまたかし》教授から、こんな問いかけをふいにされた。

桐山先生は、黒板に次のような四つの簡単な引き算を書き、これをサッと解いてみてください、と言った。

その後で、さらに、こんな質問を投げかけてきた。

「では次に、12から5までの間で、頭に浮かんだ数をひとつ選んでください」

私は、言われたとおり、頭の中に浮かんだある数をひとつ選んだ。

（ここで皆さんにも、お付き合いを願って、前述の四つの計算をやってから、12から5までの間の数字をひとつ、頭に浮かべていただきたいと思う。さて何の数字を選んだだろうか？）

そして、その後の桐山先生の言葉に、私は啞然としたのだった。

「その数は、～ではありませんか」

そのとおりの数を選んでいた私は、自分の頭の中をまるで覗かれていた如く当てられて、びっくりしてしまった。（※答えは、この章の最後に）

もしかして、かなりの読者の方が、頭の中で選んだ数字を当てられてしまったのではないだろうか。私の行った実験では、9人中7人がその数字であった。当てられなかった方も、章末に示した数に1か2を足した数字を頭の中に思ったのではないだろうか。実は、これは、キース・デブリンという数学者が、『数学する遺伝子』（早川書房）という著書の中で書いていることで、勉強熱心な桐山先生がそれを読み、自分でも驚き、私にもやってくれたのだった。キース・デブリンは、この不思議な現象の解説として、この問題を出されると、既に何題か引き算の計算をやらされている我々の頭は引き算モードになっているため、頭に浮かぶ数字は12と5の差、つまり7なのである、と書いている。つまり、言い当てられた人は自分では引き算などやったつもりはまるでないのに、無意識で引き算をやっていたということなのである。先ほど、人間は計算など面倒臭くて、意思の力がなければやらない、と書いたばかりなのに、ここでは、実は、無意識にそれをやっていたのである。

普段は計算を敬遠する人間でも、1023－923 のような計算は楽に行え、12から5の間の数を挙げよという問題に対しては、課せられてもいないのに勝手に引き算している。この事実をどう解釈すればいいのだろうか。

私は、この二つの例を鑑みて、あることに気がついた。レジで1023円を出す事例を、我々がどのように頭の中にイメージしているかというと、次のようなイメージではないだろうか。大きい山の右側の二つの半端な形のこぶは、両

図 A

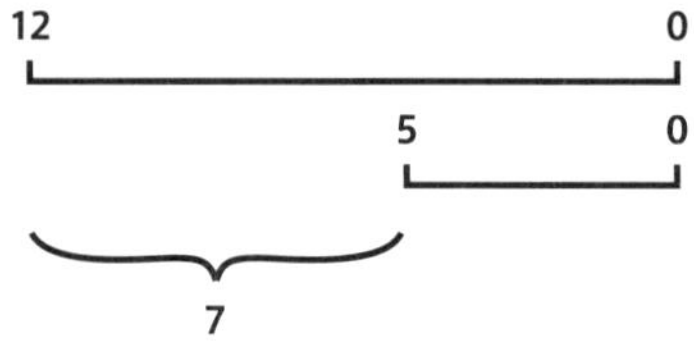

図 B

方とも同じ形なので、複雑ではあるけど引き算すれば無くなってしまう、ということが図形としては分かってしまうのである。

もうひとつの12から5の間の数をひとつ浮かべよという課題の方だが、その課題も、我々の頭の奥には、右下の図Bのようなイメージが浮かび、ひいては、差の長さである「7」という量が直感的に捉えられる。つまり『我々人間の頭にとって、扱いやすく楽なのは、数値で行う情報処理ではなく、形で行う情報処理である』ということになるのである。言い換えれば、我々はデジタルよりもアナログ型の情報処理が得意ということである。さらに考えを推し進めると、『形で行う計算』ということを目標にすれば、豆大福屋やタクシーの運転手が工夫して効率の良さを獲得したのとは別のやりかたで、日常の中で全く新しい計算法に到達できるかもしれない。

その時、このアナログ的要素が潜んでいる計算法は、苦手な計算を得意な作業に転換させるだけでなく、おまけとして新たな快感までも生むのではないだろうか。あの１０２３円を出した後、１００円玉ひとつが戻ってきた時に付随して起きた、ひそかな爽快感のように。

※その数は、7ではありませんか？

小さな海

小さな海

私が通っている東京藝術大学の映像研究科は、上野ではなく横浜にある。横浜市が、芸術文化を推進することで街の活力をつけるというクリエイティブ・シティの考え方を導入し、藝大を誘致し、藝大の方も新しい大学院を作るという構想を持っており、両者の意向がうまく合致した。そして、馬車道、万国橋、新港《しんこう》埠頭という3つの場所に、それぞれ研究領域ごと異なる校舎が置かれた。

私の研究室は、海沿いの新港校舎にある。校舎といっても、明治そして大正時代、海洋貿易で使われた海辺のターミナル駅の建物の骨組みをそのまま残し改修したので、倉庫っぽい、およそ大学らしくない建物である。最寄り駅は、みなとみらい駅か馬車道駅である。みなとみらい駅から歩くと、5〜6分で岸壁沿いの遊歩道に入る。天気のよい日はいいが、冬の海風は耐えがたい通学路である。岸壁の道は、眺めもよく、デートスポットになっていて、若い二人が腰掛けて寄り添い、海を見ている光景がちらほら見える。

先日、天気のいい午後、ここを通ると丁度引き潮で、いつもは海に沈んでいる階段状のコンクリートの一番下の段が水面より上に出ているではないか。そこには、何の為かコンクリートの箱状の塊がいくつか置いてあり、海水が溜まっているのが見えた。時間に余裕があるのをいいことに、下の段まで降りて行き、そのコンクリの箱を覗いてみた。最初は気付かなかったが、眼が慣れると、動くものが認められた。小さな魚たちである。さらに、眼を凝らすと、小さなふぐやエビの透明なのまで見えてきた。なんだか、潮溜まりの小さな海が、急にいとおしく感じられてきた。

「おい、この窪み、なんか面白そうだなー」

「なんか、うまそうな藻も生えてそうだしなー」

「ぼく、前に父さんとここ来たことあるよ。楽しいだけじゃなく落ち着くよ」

「ちょっと、よってこうよ」

「でも、家に帰るの遅くなると、叱られるよ」

「大丈夫、大丈夫、ここから家まで見える距離だし、夕飯までだいぶんあるよ」

「そうだよ、そうだよ、この窪みで、かくれんぼしたり、おいかけっこしようよ」


小魚たちは、四角い窪みに入り込み、ひとしきり遊ぶと、今度は隅の居心地のいい場所を見つけ、藻をつまんだり、たわいのないおしゃべりをしたりしました。昼寝まで始めるものもおりました。透明なエビが真ん中あたりで動くのが見えます。赤黒くもぞもぞ動いているのは蟹でしょうか。ふと気付くと、その蟹らしきものが、みんながいる隅にじりじりと近づいていました。小魚たちは、あわてて、昼寝をしていたものを起こし、急いで反対側の隅に移動しました。途中も小さなくらげがいたり、なかなか大変でした。隅に着き、窪みの底の方でほっと一息です。

「あの蟹のやつ、前もここにいたんだよ。その時は父さんがおっ払ってくれたけどね」

「途中のくらげも、危なかったね」

「そうだな、うっかりしているとまったく見えないんだから、ずるいよね」

「そうだよ、ずるい、ずるい」

小魚たちは、今、体験した冒険のことを、夢中になって話していました。あまり夢中になって、誰も、上の方を仰ぎ見ることはしませんでした。しかし、海面は確実に下がっており、ちょうどその頃、そのコンクリートの箱が海上に姿を現しつつあったのでした。

そもそも、小魚たちにとって、海はどこまでもつながっている世界で、それが隔絶されるということ自体、考えられないことなのでした。

「この海の遠くの遠くには、すごく大きな魚がいるんだぞ」

「知ってる、それくじらっていうんだろ」

「そう、そのくじらってのは、自分たちのような魚だったら何万匹もいっぺんに食べてしまうって聞いたぞ」

するとと、一番下の下級生がこわくてめそめそ泣き出しました。その姿を見ると、年上の魚は、今度は楽しませようと海金魚《うみきんぎょ》の話をしました。

「海金魚のひとたちって、青く光っていて、きれいらしいね」

「きれい、きれい」

「すごくきれい」

「俺、見たことない」

「俺も、まだ一回しか見たことない」

「その海金魚のひとたちってさあ、あんなにきれいな色をしているのに、あの恐ろしい陸にいったん上げられると、汚く黒ずんでしまうんだって」

「えーっ、青が黒くなるの？」

「そうだよ、あまりにきれいだから、人間が網を使って陸に上げたんだよ。その途端、黒くなって死んでしまったのさ」

「えーん、えーん」

また、下級生が泣き出しました。年上の魚たちは、しまったと思いました。今度は、ぜったい楽しくなる話をしてあげようと海底に棲むぺったんこのひらめのおじさんのことや、やはりぺったんこのマンボウのことを話すことにしました。

みんなが、話に夢中になっている間も、海面はじりじりと下がり続け、もう、窪みはすっかり海とは切り離され、コンクリートの棚もひたひたと姿を現しつつあるのでした。

でも、小魚たちは海面のことなど知る由もありません。小魚たちのおしゃべりはまだまだ続いています。

海から切り離された小さな海。私は、小魚を見ている内に、なにか愉快になった。4月から始める新番組や夏の展覧会の内容が定まらず、悩む日々が続き、胃の痛む毎日であった。しかし、日常の内に、我々の住む世界とは違う世界を見ることができ、滅入った気持ちが、一瞬ではあるが、消えたのである。

私は、伊豆半島のとある小さな漁村に生まれた。実は、子供の頃、この小魚たちのように潮の満ち引きによって取り残されたことがある。

いつも日曜日は駿河湾に面した崖っぷちの岩場で遊ぶのであるが、その日は、冒険心が起き、いつもの岩場からさらに南に下った。崖っぷちを30分も進むと居心地のいい場所に出た。村の大人たちが「小石がわら」と呼んでいる波風のない穏やかな岩場であった。みんなで、沖を行く貨物船を見ながら、たわいもないおしゃべりをしていた。ふと気付くと、潮が足許まで近づいていた。その瞬間、誰もが、途中の狭い岩場のことを思って青ざめた。あそこが海に沈んだら村に戻れない。あわてて引き返した。大きな丸い岩をぴょんぴょんと走りに走った。ぐらぐらする岩に足をかけ、何度も落ちそうになったが、なんとか崖下の狭場《せまば》まで行き着いた。みんな、息をのんだ。山側の崖まで海水は到達していた。小魚たちと違うのは、干潮ではなく満潮の時に、いつも棲んでいる村から切り離されたのである。

いきなり、ひとりが、運動靴を脱ぎ、裸足になった。話さなくても、何をするか分かった。みんなも裸足になった。そして、ざぶざぶと冷たい海に入り、足探りで一歩一歩進んだ。まだ水面の上に顔を出している岩を見つけるとそこを選んで進んだ。無言の行進は、3〜4分続いた。その間も潮はどんどん満ちてきて岩の間を流れるように迫り、深くなっていく。ようやく、その狭場を抜け、まだ潮の届いていない岩場に着いた。それからも、逃げるように走った。海はどんどん迫ってくる。灯台が見え、ほっとし、後ろを振り返ると、歩いてきた岩場のほとんどは海に隠れていた。凪の日でよかった。その日のことは、その後、誰も口にしなかった。

「えーん、えーん」
「帰れないよう」
「泣くなよ。もうすぐ、海とつながるよ」

「じゃあ、今、いるところは海じゃないの」

「いや、ここも海だよ。小さいけど、りっぱな海だよ」

いつの間にか私は小魚になり、静かな小さな窪みの海底で、友人たちとからだを浮かせていた。

意味の切り替えスイッチ

意味の切り替えスイッチ

駿河湾に面した沼津市の千本松原には、その名以上の無数の松が群生し、遠くは田子の浦まで続いている。

透明な光と滑らかな風が松林の間を静かに走り、耳を澄ますと、防波堤の向こうから潮騒が聴こえてくる。歌人の若山牧水が愛し、伐採からも守った松原としても有名であるが、井上靖も旧制中学時代、ここに遊んだという。

千個の海のかけらが、
千本の松の間に
挟まっていた
少年の日

私は毎日
それを一つずつ
食べて育った

井上靖

井上靖文学碑は、松林の木洩れ日にいつも濡れている。私は、その碑に刻まれているこの文章をそらで言えるくらい、何度となくその前を通り、過ぎている。

義兄の家が、千本松原を臨む静かな地にあり、その天恵を分けてもらうかのように、時々、泊まらせてもらう。そして、日頃の運動不足を解消せんがためにウォーキングをするのである。その出発点からすぐのところにこの文学碑は立っている。

松林の中に立つ井上靖文学碑

今年の正月は曜日の具合から、休みが短かった方も多かったと思うが、私も1月4日の午前中からいきなり打ち合わせがあり、3日間だけの休みであった。母と一緒に義兄の家で、のんびりとしたお正月を過ごしたが、それだけではいけないと、三日坊主ウォーキングと称して、三が日歩くことにした。

初日は緊張感もあり、張り切って歩数を稼いだ。21，612歩。ところが、2日目が、だらけてしまって、歩いても歩いても、歩数が出ない。歩数を出すのが目的ではないのだが、なんとも歩きにリズムがなく、疲れる一方であった。12，512歩。3日目は寒く、風も強く気の進まない陽気であった。

ぐずぐずしている内に午後も大分過ぎてしまった。冬の日は短い。ここでくじけると三日坊主さえも達成できない怠け者になってしまう。

そこで一念発起し、昨日のだらだら歩きを反省し、初めてであるが、音楽を聴きながら歩いてみることにした。ウィンドブレーカーのポケットに小型の音楽プレーヤーを忍ばせ、軽いヘッドホンを帽子の上から掛けてみた。意外と邪魔にならない。曲を開始すると、音楽のリズムに合わせて足を動かすのがとても具合がいい。なにか楽しくさえある。テンポのいい曲ばかり並べたので、くいくい進む。途中には、500メートルおきに塚が立っているのだが、昨日までは、まだかまだかと思って待ち遠しかったその塚が、次から次へと向こうから現れて来る。とうとう7キロメートルの塚に到達し、その大理石で出来た塚にタッチして折り返した。万歩計の数字はとうに10,000を過ぎている。よし、このまま帰れば、倍の20,000歩は軽く達成できる。出発した0メートル地点を目差しての復路も、ヘッドホンから流れる音楽の効果で快調である。ただ、その頃になると松林は途端に暗くなってきた。夏の強い日差しを遮ってくれる枝々は、僅かになった冬の残り陽も閉ざしてしまう。

そんな時には、慌てずに、松林に沿って走っているすぐ近くの堤防に向かう。堤防は高波を防ぐために、4〜5メートルの高さで築かれていて、遊歩道としても愛されており、駿河湾を一望できる。それだけではなく、振り返れば、荘厳な富士の山が、薄暗い中、静かに聳《そび》えているのである。私は光が無くなったこの時間の富士山が好きである。

富士は自ら発光しているが如く、ほのかに青白く光り、その姿には凄みさえ加わり、神々しいとしか言いようがない。目を凝らすと裾野が象《かたち》づくるゆったりとした曲線も、空との境界に現れる。陽は海に沈んだばかりで、まだ星も数少なく、その光り方にも初々しさを感じる。

再び、前方を向き、ウォーキングを始めると、朝からの強い風は、逆風となって襲ってきた。右手には、駿河湾の冬の荒波が海岸を攻め、砕ける波は暗い中で白さを生み出していた。時折、潮の小さな粒が速風に運ばれ頬を打つ。気温も、かなり下がっている。私は、その自然の凄まじさに、たじろぐのではなく、意味もなく妙に感動していた。ぬくぬくと安穏に過ごす毎日を叱咤されたような気分でもあった。

ふと、音楽が軽快なのが、気になった。その光景とあまりに違いすぎるのである。そして、こんな状況で聴きたい音楽がすぐに浮かんだ。ブラームスの交響曲一番の第一楽章である。ベートーベンの交響曲は有名な第九で終わりだが、ブラームスのこの一番は、その流れを汲むものとして見なされ、ベートーベンの第十と称されることもある。この音楽を聴く度に、動けなくなるくらいの凄さを与えられる。

青白く静かに佇む富士、激しく打ちつける荒波、白く浮かび上がる海岸線、頬に突き刺さる潮風、こんな状況で、果たして、ブラームスの第一は始まった。チェリビダッケ指揮シュトゥットガルト放送交響楽団。不安さなのか期待感なのか、半音ずつ高くなっていくオーケストラの奏でる出だしは、湧き起こる気持ちの方向を激しく揺らし、静かな高まりだけを確実に生み、進んでいく。

なんと、その時である。高まりもこれからというその瞬間、突然、音が無くなった。私は、思わず立ち止まった。急に激しく風の音が、こんなにしていたのかと驚くほどに聞こえてきた。波の砕ける音も入ってきた。バッテリーだ。バッテリーが切れたのだ。

そうだ、ここ2、3日充電していなかった。頬に当たる突き刺すような潮風の冷たさが、音を伴ったことで俄かに強まってきた。しかし、その刹那、私の内では別の妙なことが起きていた。

それまで音楽を聴くためにずっとしていたヘッドホンが、その存在の意味をすっかり変えたのである。音楽が止まった瞬間、それまで全く感じていなかった暖かさを、耳に感じたのだ。まるで、スイッチをカチッと切り替えたように、「ヘッドホン」から「イヤーウォーマー」になったのである。3時間前、ウォーキングを始めた時に音楽を聴くため掛けたヘッドホンは、その時から耳を寒さからも守ってくれていたのであった。軽快な音楽に気をとられ、そのためだけで、今日は調子がいいと思っていたが、それだけではなかったのである。確かに、前日までのウォーキングでは耳が潮風にさらされ、その冷たさに閉口していた。首に巻いたタオルを引っぱり上げ、中途半端に耳に掛けたりする位の対処しか思いつかなく、それはそれで歩きにくさを生み、正直困っていたのだが、今日はそれを忘れていた。

人間、困ったことが無くなると、勝手なもので、良くなったことさえ気にも留めない。昨日まで感じていた冷たさが、凄まじい海風と波の砕ける音が聞こえだした途端、蘇ったのである。それまでヘッドホンが、ずっと施してくれていた耳への暖かさの総量を、時間を遡って、その時まとめて感じてしまった。

私たちが、日々多くのことをセンス（感じ取っている）していることは事実である。目から入ってくる画像、耳から入ってくる音、肌で感じる温度や圧力、鼻で感じる匂い、等々。

しかし、意識として分かっていることは、その一部なのである。つまり、感じていても分かっていない、そんな状態で私たちは常に生きている。私は、試しにヘッドホンをはずしてみた。途端に寒さで耳が痛くなった。とても耐えられなくて、音楽の鳴らないそれをまた耳に戻した。

歩きながら、私はたった今起こった瞬間的な意味の切り替えと、それが伝えてくれた感覚と意識の隔たりのことに囚われていた。ふと振り返ると、富士の山は、既に光るのを止め、そのシルエットだけを夜空に圧《お》しつけていた。

船酔いしない方法

船酔いしない方法

もう二十年以上も前のことであるが、仕事で海外に頻繁に行っていた頃、一冊の英会話の本を書店で見かけて、衝動買いをしてしまったことがある。

タイトルは、「いざという時役に立つ英会話」だったか「困った時の英会話」だったか、うろおぼえであるが、その手の本であった。何か、これを読めば、来週出張に行った時に困らずに済む、といった幻想を描き、内容をよく確かめもせず、レジに持って行った記憶がある。その晩、さっそく頁を開けてみた。

最初にいきなりあったのは、こんな例文であった。

『ものが二重に見えるんですよ』

確かにニューヨークの街を歩いていて、くらくらと目眩がして、ものが二重に見え、ふらふらしている時に"What's the matter with you?"

と現地の人に問われて、咄嗟に答えられるものではない。答えを読むと、
"I'm seeing double."
とある。なるほど、こんな簡単な言い回しでいいんだ、と感心して、早二十年。こんなシチュエーションに出くわしたことはない。仕事中に目眩がして、ふらふらしている時に、現地のスタッフから"Are you OK?"と言われた暁には、これで返せるのにとひそかに期待していたが、目眩など滅多に起こらない有り難い健康体のせいで、せっかく憶えたこの言葉もお披露目する機会が未だない。
そのうちに、海外に行く機会も徐々に減り、『ものが二重に見えるんですよ』は、使わない引き出物のお皿のように脳の引き出しの奥の方にしまわれたままであった。
ところが、数年前、何の気なしに見た深夜のテレビ番組で、その使わない引き出物に出会うことになった。その晩、リモコンでチャンネルを送っていると、かつての名作「逃亡者」がやっているではないか。思わず、リモコンのスイッチを押す指が止まった。リチャード・キンブル役のデビッド・ジャンセンが醸し出す憂いを帯びたやさしさが、私は大好きなのだ。

その時、リチャード・キンブルは、ある家の台所で冷蔵庫の前にいて、それを開けようとしていた。多分、逃亡の先で出会った病人か怪我人を名医である彼が治療をしようと何かしている場面に違いない。私は、見入ってしまった。その時、リチャード・キンブルは、逃亡の果ての疲れなのか、思わず、くらくらとよろけ、テーブルか冷蔵庫に手をついてしまった。それを見ていたその家の女主人が「大丈夫ですか？」と尋ねた。

その時である。あの懐かしい言い回しが聞こえてきた。

「ものが二重に見えるんです」

私は、別の意味で凍り付いてしまった。

とうとう、この言葉に出会ってしまった。そしてその時、持っていたリモコンの二重音声のスイッチを瞬間的に押していた。二カ国語放送だったのである。好運にも、リチャード・キンブルはもう一度、その言葉を言った。

"I'm seeing double."

いざという時、役に立ったわけではないし、困った時でもなかったが、やっと、私はその言葉に出会い、妙な安堵を覚えたのだった。

私は、この連載でいつかは、『暮しの手帖』にふさわしく、皆さんの暮らしに役に立つ工夫や知識をここに披露しようと思っていた。

もう世の中に流布しているものではなく、自分自身で発見したアイデアを、である。しかし、ある観点から、それを断念していた。

それは、『汎用性』という観点である。私が発見したアイデアは、悉《ことごと》く「ものが二重に見えるんですよ」なのである。滅多にそんな状況に出くわさないのである。

しかし、担当の編集の方に、それらのアイデアを話すと、そんなことを考えている事自体がとても面白い、是非、と勇気づけてくれた。私も、実際このアイデアを役立てる方は稀かもしれないが、そんなアイデアを出す過程や大もとの生活態度には共感してくれる方もいるのでは、と考え直し、ここに、その中から一つだけ紹介させていただこうと思う。

『絶対、船酔いをしない方法 ―佐藤方式』

この連載では何度か触れたが、私は西伊豆の生まれである。地元には高校はなく、多くの子供は中学を卒業すると、沼津や三島に下宿をし、高校に通う。しかし、まだ高校生なので、毎週、土曜日には定期船に乗り、親元に戻り、翌日の日曜日に、また同じ船で下宿のある街に戻るのである。夏場など、好天で凪が続く時はいいが、2月、3月の西風が強く、波がうねるように高い時の船は、地元の人でも気分が悪くなる時がある。そんなに乗り物に強くない私は、定期船に乗り込む前、桟橋から沖合を眺め、白い波頭が見えると思わず生唾を飲んだものである。

そんな2月のある日曜日、その日は特に風が強く、欠航かと思うほどの海の荒れ具合であった。それでも果敢に船は出航し、沼津の港湾を目差した。1時間の船旅である。天然の港とも称せられる砂嘴《さし》でできた小さな湾を出て、駿河湾に一旦船が出ると、上下の揺れの凄さは想像以上であった。年配の人たちは、畳が敷いてある船倉で横になり、寝ているのかじっと耐えているのか分からない。高校生達は、一階の長椅子のある部屋で最初は騒いでいたが、波がひどくなると、目を閉じて、早く着くことを願っていた。

私も気分が悪く、その長椅子に、客がいないのをいいことに上半身だけ横たえていたが、あるひとつのことを繰り返し考えていた。『なぜ酔うんだ……』

そのようにして目をつむり、自分の体の内部に思いを馳せていると、あるひとつのことに気がついた。

『そうだ、胃が上下するから気持ち悪いんだ』。ジェットコースターで胃が飛び出しそうになり気持ちが悪くなったことがあると思うが、船の上ではそれを持続的にやられているのではないかと思ったのである。そして、さらにこう仮説を立てた。『だったら、胃が上下しなければ酔わないんじゃないか』

私はむくっと起き出し、船室から出て、広いデッキに立った。エンジンがダカダカダカッと音を立てている。強い風に運ばれる波の飛沫が頬に当たる。私はそこで、先程、考えた方法をとることにした。まず船の進行方向に対して正面に向かった。そして、波で船の前部が高くなると、後ろに下がり、波で後部が上がると、前に歩んだ（図を参照）。つまり、地球に対して、胃の位置（高さ）を一定にしようと思ったのである。その時、どのくらい歩けばいいのか分からないのではないかと思うかもしれないが、それは「胃に聞く」とできるのである。胃が気持ち悪くならない程に歩くということが人間には軽々できることが、その時分かった。それを試した10分後には船酔いはなくなり、それ以後、ひどい波風の時には、船の片隅で、私はひとり、この一見妙な前後歩行を行い、船酔いを回避してきた。しかも、絶対船酔いをしない方法を持っているという自信が、そもそもの船酔いというものに対して強くなっていた。（と、ここまで書いて、

軽い船酔いをしてしまっている自分がいて、ちょっと驚いている。多分、波とか揺れとか想像して書いたせいだと思うが、読者の方が同じ気持ちになっていなければいいのであるが……）

私のこの方法の特徴的なところは二つあり、ひとつは、「胃が地球に対して上下しなければ気持ち悪くならないのでは」と考えた点と、「胃を上下させないように、人は自分の位置を調整する能力がある」ということを身をもって発見したことである。

さてさて、この『絶対、船酔いをしない方法・佐藤方式』（波の高い日限定）は、皆さんにとっての「ものが二重に見えるんですよ」になるのだろうか。それとも、実際に役立つ時が来るのだろうか。

よく学生に、デザインとアートの違いを問われることが多いが、そんな時には、デザインとは「よりよく生きるための方法」であり、アートとは「なぜ生きるか」ということ自体から考えることである、と答えている。

私は、アートは分からない。しかし、デザインは一生懸命やっている。この絶対船酔いしない方法も、私にとっては日常のデザインのひとつなのである。

シラク・ド・ウチョテです

この章も、雑誌『暮しの手帖』に掲載されたことを踏まえた上でお読みください。

シラク・ド・ウチョテです

みなさん、みなさん、ぼくは、この『暮しの手帖』47号に棲んでいるシラクという精です。これまで、我ら本の精は、あなたが手に取る様子をこちらの内側から眺めているだけでしたが、今回、この頁を担当している佐藤雅彦さんのご好意でこの見開きの頁を貸していただけることになりました。おかげで、みなさんに私の想いを伝えることができます。

私は、ウチョテ家の生まれで、かなり昔の話ですが、初代が故あって、本の神であるリブロワ様から棲家《すみか》として分け与えられたのが、暮しの手帖だったということでした。縦28㎝横21㎝厚み1㎝のこの世界は、おかげさまで、暑くもなく寒くもなく、うるさくもなく、かといって静かすぎず、快適に宿ることができています。そうそう、この辺で、あなたの心の片隅に何となく浮かんできている疑問に、いくつかお答えしなくてはなりませんね。まずは、この暮しの手帖に棲み込んで一体お前たち精は何をしてるのかってことですよね。そもそも精のことをあなたは詳しく知らないでしょうから、無理もありません。実は、自分たちも自分がここにいる意味を伝えるのは難しいのですが、やってみます。

大きくは、私たちも他の精と同じで、「モノ」や「事」に宿ること自体が第一の仕事です。「モノ」に宿るのは、人によっては、分かってもらえる気がするのですが、「事」に宿るって分かりにくいかも知れませんので、簡単に注釈します。私たち精は、花瓶や石や携帯電話などの「モノ」と同様に、ある事件やある法律やあるシステムなどの「事」に宿ることもあるのです。

では次に、宿って何をしてるかって言われると、そこがさらに難しいところです。正確に言うと、特に何か目的を持っていないので、その質問には答えようがないのです。そうですね、強いて言えば、私たちにとっては何かに宿るのがすでに当たり前のことで、この世に万有引力があるのと同じくらい普通のことなのです。そして、宿っている「モノ」や「事」に、外から何らかの意志が関わってきたときに、気が向くと、頷いたり頷かなかったりするぐらいのことはしますが、それもめんどうな場合はしません。例えば、この暮しの手帖に関して、あなたがもし『このぶり大根の写真、おいしそうだわ』って思ったら、私も『そうそう』って頷くし、『このサトウマサヒコさんの文章、小難しいから飛ばそうっと』って思ったら、ぜひ読んでほしいと思っている私としては、知り合いの風の精に頼んで、この頁をこれ見よがしに、パラパラと開けておいたりするのです。お宅によっては、犬が、くんくん鼻を近づけてくることもあり、その際、ぺろっと舐められることもあるのですが、その時には、『ワゥー、食べ物じゃないぞ、こんどやったらお前がテーブルの下で寝ている時に落ちて角の痛いところでしっぽを踏んでやるぞ』って犬しか聞こえない高い周波数で叫びます。そんな、とても仕事とは呼べないことを毎日の生業としているのです。

でも、人間の方々に届くような声も文字も持たない我々の気持ちはなかなか伝わらず、なかなか分かってもらえませんし、存在さえ正式には認められていないのではないでしょうか。そうそう、時々「モノ」に八つ当たりする方もいらっしゃいますが、あれは、まんざら、理由がないわけでもありません。

その「モノ」に宿っている精が、自分の存在が持ち主になかなか認められず、そのつらい想いが昂じて意地悪という形になり、持ち主に危害が及んだ結果、思わずその持ち主がそのモノに対して仕返しをしてしまいます。それが八つ当たりという現象なのです。例えば、携帯電話に宿った精なら朝見つからないように隠れたりとか、テーブルに宿った精なら弁慶の泣き所がちょうどぶつかる位置に脚を少しはみ出したりするので、そんな意地悪されたら、その「モノ」に当たりたくなるのも無理からぬことなのです。

あっ、これはしまった、自分たち精の紹介にちょっと字数を使いすぎてしまいました。もういただいた頁の半分もきています。こんな機会、人類史上にも精史上にもないと思われるので、私シラク・ド・ウチョテの願いを、是非、この際お伝えしたいと思います。

まず、この本の精として、どうしても耐え難い仕打ちを列挙させていただきます。そっと心に留めていただきたく思います。

●孫の手にするのは止めてください。
大きさがちょうどいいからといって、背中をかくのに使う方がいらっしゃいます。角がかゆいところに当たって気持ちいいかもしれませんが、これは止めてください。そもそも、それに使うには少し重いですし、たまたま手元にあったという理由ぐらいでそんなことをされるのは、自尊心がいたく傷つけられます。

●重しに使わないでください。
しわくちゃになったお札や領収書の類を平らにするために重しに使う方がいらっしゃいますが、そんなものを下にしたら気持ちのいいものではありません。重しに使うには、そもそも少し軽いと思います。

●間違って、ゴミに出さないでください。
まだろくに読んでもらえていないのに、ちらしや新聞を上に重ねられ、そのうち忘れられ、いっしょに束ねてゴミの集積所に出されることがあります。雑誌や本にとって、読まれないことほどつらいものはありません。

こんどは、逆に、そうしてもらえると嬉しいということを挙げます。

1. 時々何気なく、過去の暮しの手帖を開ける。

これは、半分は私たち精が呼びかけているものですが、私たち精も思ってもいないときに開けられることがあり、そんな時には涙がでてしまいます。

2. インテリアとして部屋に置く。

これは本来のこの本の主旨とは違うのですが、暮しの手帖といっしょに暮らすということを意識してもらえるのは、この雑誌に棲んでいる私にとって、誇りと感じます。実は、仲條さんの表紙、精たちにも人気があります。

3. いっしょにいるという事。

私はいろんな家族の暮らしを見てきました。友人の岩波文庫の精に教えられたのですが、偉い小説家のトルストイという人の言葉で「幸せな家庭の幸せは同じ形をしているが、不幸な家庭は不幸の形がそれぞれ違う」というようなのがあるそうです。でも、小説の中ならともかく、現実のいろいろな家庭に入り込んだ私たちの経験で言いますと、そんな分け方で簡単に分けられるような家庭はありませんでしたし、そもそも幸福とか不幸とか、そんな指標はどんな家庭にも必要ないように思えました。幸せとか不幸とかとは離れて在る暮らしそのもの、そういうものの中に私は置かれていたいと思います。

よく読むと、私の願いって、1も2も3も、本質的には同じことを言ってますね。

勝手に、たくさんのことを述べてしまいました。こんな機会、もうないとか思うと、かえって動揺し、どうでもいいことまで話が及んでしまったようです。でも、ともかくもみなさんに私の想い、そして、そもそもの私の存在を伝えられて本当によかった。これからも、私たちは、毎号毎号、暮しの手帖に棲み続けますので、私のことを思い出したら、今回の号は、シチューがおいしそうだったわとか、東北って今時分いいわねとか、佐藤雅彦さんの文章相変わらず変わっているわねとか、心の中で言ってください。それは必ず私たちに届きますから。そしたら、私たちは、お礼に、この人は精の存在を分かってくれている人だから、意地悪はしないようにと、ありとあらゆる「モノ」や「事」に棲んでいる友達の精たちに呼びかけましょう。

最後になりましたが、こんな貴重な見開きの頁を貸してくれて、佐藤雅彦さん本当にありがとう。

シラク・ド・ウチョテより

耳は口ほどにものを言い

耳は口ほどにものを言い　～空き巣の方は読むのを禁止します

私の母は、父との婚礼の直前、障子に映ったシルエットを見て、なんて耳の大きな人なんだろう、そのことだけを、その日、私は思ったようと、かつて話してくれたことがある。

父親は、そこまで耳の大きな人ではなかったが、これこそ耳という典型的な形をしていた。そして、先夫を病気で亡くし、まわりから勧められた近所同士の結婚で、複雑な想いの中、改めてこれから夫となる相手をまともに見たのがその障子越しであり、そこに投影された頭部で一番特徴を発していたのが耳だったのだろうと勝手に想像している。

その三十数年後、突如、逝ってしまった父親と、実家で対面した時も、その耳に脱脂綿が詰められているのを見て、私は父親の死を現実として受け入れたのであった。

目や口と違い、耳という存在が表す〝その人らしさ〟は、とても微妙な位置にある。子供の絵をインターネットで検索すると、人を描いた絵がたくさん出てくるが、その中で、全部と言っていいくらい目や口はあるが（鼻もほとんどある）、耳のない絵は多く見られる。総じて、耳は目や口と比べて、その人らしさを表すのに決定的とは思われてないのであろう。

しかし、この耳が人を特定する上で注目されだしている。


空き巣被害や殺人事件があった現場を捜査係が、白い手袋をして、犯人の指紋を採っている映像は、ニュースや刑事物のドラマでよく見かける。指紋は、ひとりひとり違うパターンであり、人の同定に用いられることは、子供でも知っている知識である。では、指紋ならぬ「耳紋《みみもん》」（「じもん」とも）となると、どうであろうか。その言葉も存在もほとんど知られていないのではないだろうか。

しかし、「耳紋」は今や警察では、指紋や足跡、血痕と並んで、犯人の特定のために重要な遺留物のひとつになっている。

アパートやマンションで、ある家が空き巣被害に遭うと、警察は、その家のドアから指紋だけでなく耳紋も採ろうとする。今や、指紋は空き巣も当然知ることとなっていて、空き巣側もそれなりに注意を払っている。しかし、意外と無防備なのが耳なのである。空き巣が一番忌み嫌うのは、狙って入った家で住人と出くわすことである。誰もいないと思って入った家で、奥で寝ていた年寄りが目を覚まして大声を挙げられたり、受験勉強をしていた息子と廊下で鉢合わせしたり、そんなことを極力避けようとする。そのために、入る家を厳選するのだが、その時、空き巣が取る行動とは、どういうものなのか。それは、玄関ドアの前で、中腰あるいはしゃがみ込み、ドアにぴったりと耳を付け、中の様子をじっと窺うのである。静かに歩いているのはもちろん、読書だけしていても、なんらかの音はする。そのわずかな音を聞き漏らさないことが空き巣にとっての成功の第一歩である。そして、なにかの物音、例えば、それが犬の歩行音であろうとも、聞こえたら、隣家のドアに向かい、同じ姿勢で同じことをする。深夜の2時から4時くらいの間の出来事である。

あなたの住んでいるマンションの通路でそんな行為が綿々と続けられているのである。

ある一軒の家が、空き巣被害に遭うと、警察は、その家のドアから耳の跡、耳紋を採る。そして、そのマンションの同じ階、そして上下の階のドアでも同様な捜査をすると、同じ犯人の耳紋が次から次へと採取される。確かに空き巣は入る家を吟味していたのである。警察が注目しているのは、指紋だけではないのである。むしろ、指紋は手袋やハンカチといったもので跡を残さない簡単な方法もあるので、用心深い犯人だと採取の期待はなくなる。一方、家の中の様子を窺うための耳に対しては、空き巣としてはまだまだ無防備で、確たる防御策はないのである。

耳紋が、決定的な証拠として機能した、皆さんも多分ご存じの事件がある。夫の覚醒剤所持に際して、タレントのSさんが、失踪した事件を憶えている方も多いと思う。夫の覚醒剤所持が発覚し、警察がSさんの出頭を命じたのだが、行方が分からなくなってしまい、連日、テレビや新聞で、Ｓさんの携帯電話が山梨県で使われた形跡があるとか、もしや悲観して自殺の恐れもある逃避行か、といった噂まで飛び交っていた。ところが、その後、出頭してきたＳさんから、警察が携帯電話を押収したところ、確かに、最後に携帯が使われたのは山梨であったことは確認できたが、その携帯電話を最後に使ったのは、Ｓさんではないことが分かった。

それは、その携帯電話に残っていた耳紋を採って分かったのである。最後に使用した人間の耳紋が一番強く、言わば表層に残るのであるが、残っていた耳紋はＳさんの耳紋ではなかったのである。Ｓさんが、山梨に行っていたという事実はその瞬間消滅したのである。

いまや、警察が犯人特定のために取得しようとしているのは、このように指紋だけではなく、耳紋もある。しかも、それだけではない。犯人を特定できる人間の属性としては指紋、耳紋、声紋、血痕、足跡、毛髪、体液、筆跡、ＤＮＡだけでなく、今日、科学技術の進化により、とんでもないものにまで拡大していたのである。もちろん、これ以上は書けないが、もし、空き巣の皆さんが、冒頭の忠告にもかかわらず、この文章を読んでいたとしたら、もう職業を変えることを強くお奨めする。あなた方が、証拠は残していないと自信たっぷりの現場には、もはや、耳紋だけでなく、思いも寄らない忘れものをたくさんしているのである。

しかし、なんでこんな耳紋のようなことに詳しいかと言えば、実は、私は、人

耳紋

間の属性をテーマとした展覧会を、今、東京は六本木、防衛庁の跡地に出来たミュージアムで催しており、その中の作品で、法科学鑑定研究所の研究員である櫻井俊彦さんに参加してもらい、人間の属性の一つである「耳紋」の展示をしているからである。

この展覧会では、多くの作品を通じ、人間と社会にとって人の属性がどのような意味を持っているかを示している。興味のある方は、11月3日（2010年）までやっているので、足を運んでみてほしい。土日は恐ろしく混み合っているので、週日に行かれることをお奨めする。

私の母親は、この7月に要介護5の認定を受け、もう寝たきりの毎日である。少し、頭ももうろくしてきていて、自分の置かれている状況が分からないようなところもある。時々、私は、今できる一番の親孝行と思って、耳掃除をするのだが、母親の耳ってこんな形をしてたんだと、毎回思う。音を集める器官、つまり集音器としての機能を持つ耳は、光を集める器官の目と違って、普通はその存在を主張することなく一生を終える。でも、そちらの方が幸せなのかもしれない。気持ちよさそうに眠る母親を見て、そんなことを思った。

※本文中の展覧会は、『これも自分と認めざるをえない展』といい、東京ミッドタウンの中の、「21_21デザインサイト」という美術館で、２０１０年7月16日～11月3日まで開催されました。

板付きですか？

15歳のそのバレリーナは目をまっすぐこちらに向けてこう言った。

「板付きですか？」


先日、新しい映像を作るために、被写体としてバレリーナが必要となり、広いホールを借りて数名のオーディションを行った。4番目のエントリーの女性がホールの中央にレオタード姿で立った。私は彼女に近づき、これから作ろうとしている新しい映像について簡単に説明した。

「分かりましたか？」「はい」「では、始めましょう」その直後に、この言葉が出たのであった。

「板付きですか？」

私は一瞬、はっとした。

『板付き』という言葉が分からないからではなかった。むしろ、よく分かりすぎたからである。
私は、演劇やダンスなどの舞台の演出の経験はないが、映像の企画や演出は数多くやってきて、その現場でも、この『板付き』という専門用語はある頻度で出てくるのである。カメラが回り始める時に、既に役者がその画角に入っていることを『板付き』と呼ぶ。板付きでなければ、役者はカメラが回り始めた後に画面の中に入ってくることとなる。元々は演劇から来た用語で、幕が上がった時に舞台上に役者がいることを示すのもなんとなく知っていた。

映画などの制作の現場においては、他にも、
『笑う』＝カメラの前から、物を片付ける
『せっしゅする』＝下に台などを置いて高く見せる（往年のハリウッドのスター早川雪洲が背をより高く見せるために撮影時にそうしたことから生まれた用語）
『香盤《こうばん》』＝撮影や出演の順番
『八百屋《やおや》』＝セットや物を斜めに置き、カメラから見えやすくすること

などなど独特の言い回しが飛び交い、慣れない者はとまどうが、一旦憶えると何をするかが明確で間違いがない。しかし、主に映像の制作現場での知識として知っていたこの『板付き』という言葉を、また別の状況である舞台の中央で聞いたとき、何かが脳裏を走ったのである。

しかし、その正体を見極める時間はない。

「はい、板付きで始めてください」

私は、そう答えると、彼女から遠ざかり、音楽をスタートさせる指示をおもむろに出した。それから始まったバレリーナの動きは素晴らしく優雅で、時として軽やかであり、求めている被写体として申し分のないものであった。2分ほどの演技が終わるといつも観客に対してしているような、かわいい終わりのあいさつをして、彼女はそのホールを去っていった。

私はまだ体に残っている仄かな高まりを感じつつも、先程、脳裏をかすめたものの正体をつきとめようとホールの中央にひとり立った。「板付きですか？」「はい、板付きで始めてください」……、「板付き……」、「板付き……」。

その場所で、反芻すると、なぜ自分がはっとしたのかが、よく分かった。それは、言葉というものが意味を取り戻した瞬間であったのである。それまで業界用語として知っていて、便利に使っていたにすぎない『板付き』が、〝舞台という板〟に付いている役者の状態を見事に言い表していることが、15歳のバレリーナの投げかけた言葉で分かったのである。「板付きですか？」と言った彼女はまさに板付きの状態でその言葉を発していたのだった。それを目の当たりにした私は、今、自分の目の前で起こっていることと、その言葉の意味の合致具合の見事さに閃光を覚えたのであった。

そもそも、どの言葉も最初はある意味があり、生まれたものであろう。それが、元々の意味から離れ、単に記号的に単語として覚えられ、それらを組み合わせて言語として流通するのである。

確かに、いちいち元の意味から考えていたら使いにくいのは明らかである。今まさに書いたばかりの、この1行前の文だって、『確かに』って、どうしてタシカニって言うのか、『いちいち』のイチって一から来ているのか、モトって、イミって、カンガエって、ツカウって、アキラカって、と紐解きだすと言語を使うということから遠く離れてしまう。

甥の娘（「あやね」と言います）は、今、1歳と10カ月になり、言葉を覚えるのが楽しくてしょうがない時期を迎えている。

先日も、所用があって甥の家を訪問すると、お父さんである甥とボール遊びを居間でしているので、ちょっとお邪魔して割り込んだ。

半年前までは、私のことを知らないおじちゃんと指さしては、泣きべそをかかれたものだが、今や知恵もつき、遊び相手として認めてくれるまでになった。私は、今回も何か工夫して喜ばせようと思い、近くにあったティッシュペーパーの箱をたくさん使ってトンネルを作った。そして、その間にボールを通すと案の定大喜びであった。

これトンネルだよって教えると、「トンネル、トンネル」と何回も口に出して言う。もっとトンネル作ってあげようかと言うと、「もっとトンネル、もっとトンネル」と口真似をする。

しばらく夢中になって、トンネルで遊んでいるので、今度は、さらに調子に乗って、そのトンネルの前に、長い平らな板を持ってきて坂を作ってみた。その板の端にボールを置くと、ころころと坂を転がり、トンネルにうまく入り、しばらくすると長いトンネルの出口から出てきた。それを見て、また大喜びである。

こんどは、これは坂だよって教えると「さか、さか」と嬉しそうに叫ぶ。その時のあやねを見ていると、世の中のある事象と、ある言葉をマッチングさせることが、さも至上の楽しみかのように夢中になっている。

ヘレン・ケラーがサリバン先生に、片手に水を触らされ、もう一方の手に「w・a・t・e・r」と指文字で刻まれ、世の中の事象と言葉のマッチングが始まった瞬間、『ヘレン・ケラー』が始まったように、あやねにも「トンネル、トンネル」「さか、さか」ということで、あやねが始まっているのである。人間は、この年代から10代後半まで、2時間に一つの割合で、語彙を増やしていくという説もある。

それにしても、幼児はほとんどと言っていい位、2回繰り返して、覚えたての言葉を発するのだが、どうしてだろうか。私には、それが重要な意味を持っているような気がしてならない。確認なのか、練習なのか、はたまたそれを発する自分という存在を確かめているのか……。

「板付きで始めてください」

私は、その日のオーディション最後のバレリーナにもそう言った。こくりと頷くと、まだ体は小さいが意志を感じさせる目をもった彼女は、ホールの中央に行き、ひとりもいない観客に向かって、大きく手を広げ、笑みを含ませ、音楽が鳴り出すのを静かに待った。

一敗は三人になりました

二〇一〇年、大相撲の九州場所は、横綱大関陣の頑張りによって盛り上がった場所であった。

白鵬の双葉山の連勝記録への挑戦、把瑠都《ばると》の初優勝への挑戦、38歳魁皇《かいおう》の満身創痍のふんばり、平幕・豊ノ島の勢いも、相撲ファンだけでなく、少々遠のいていた国民の相撲への意識を少なからず惹きつけていた。中でも、大関・魁皇のここ数年見られなかった勝ち星を重ねる姿には、神懸かった力も感じられ、一番一番が、みなの心を打ち、期待が高まっていった。期待、期待……、それは何に対しての「期待」だったのだろうか。

誰もが優勝は、一分の隙も見せない横綱相撲を見せつける白鵬や、大きな把瑠都や、活きのいい豊ノ島を差し置いては恐らく無理だろうと心の奥底では思っていた。だとしたら、その期待とは、もう一勝、もう一勝、できたら更にもう一勝させて、この力持ちでやさしい大関の優勝への可能性を一日でも先に延ばし、〝期待を少しでも長く持ち続けたい〟という期待ではなかったか。

私も、普段は、そこまで熱心に大相撲は見ないのだが、この魁皇の頑張りと、人知の及ばぬ不思議な力が土俵を采配しているような取組みが続き、日に日に関心は高まってきた。

中でも魁皇が西前頭四枚目の豪風《たけかぜ》との一番で、絶体絶命、後ろに回られてしまった11日目の相撲があった。誰もが、ああ、このまま送り出しで豪風に軍配か、と思った次の瞬間、見たのは豪風が手を滑らせ、前のめりに体勢を崩し、自滅し、その上に背中から倒れ重なった魁皇の姿であった。新聞各紙は〝神業〟と称し、とうとう魁皇は21場所ぶりの二桁白星となった。その日を境に私の中にも、もう一勝、もう一番、どんな取組みでもいいから勝ち星を、という願いにも近い気持ちが生まれてきた。

そして次の日。白鵬、把瑠都、豊ノ島、そして魁皇の四人が十勝一敗で並んだ12日目のことである。

一敗同士の中で、把瑠都と豊ノ島が対戦することになっていた。しかし、私の心は、その二人の勝ち負けにはなかった。あの魁皇に、この日も白星をつけてほしいとただただ願うだけであった。

その12日目は木曜日にあたり、大学の業務がある私は、残念ながら中継を見ることができない。帰りの電車の中、こわごわとモバイルＰＣでインターネットニュースを見た。北朝鮮の韓国への砲撃事件のその後や、問責決議案といった気になる見出しが目に飛び込んできたが、指はスクロールキーを押し続け、ニュースの見出しをスポーツまで送った。すると、ある文章が目に飛び込んできた。その見出しには、こう書いてあった。

『一敗は三人に！』

私の頭は一瞬、止まった。結局どうなったのだ。そこには、把瑠都が勝ったとか、豊ノ島が勝ったとか、魁皇が負けたとか、一切書いていなかったのである。ただただ「一敗は三人に」という数字主体の短い情報であった。しかし、私は次の瞬間、とても嬉しくなった。

そう、私は嬉しくなった。一体、なぜ嬉しくなったのか？　皆さんにも是非考えてほしい。この少ない情報に、実は、多くの情報が潜んでいたのである。

それまでの状況……豊ノ島（一敗）
把瑠都（一敗）
魁皇（一敗）
白鵬（一敗）
そして、豊ノ島―把瑠都が対戦

ニュースの情報……一敗は三人に

一敗が四人いて、その内、二人が対戦するならば、少なくとも一人は二敗にならざるを得ない。しかし、ニュースの見出しには「一敗は三人に」と書かれているということは、つまり……魁皇は（そして白鵬も）勝っているということになるのである。一敗は三人に、という一見不親切な見出しは、実は、情報に富んでいたのである。

『白鵬が勝って魁皇も勝った（＝12文字分）』という両者の勝ち負けを示す情報が、この「一敗は三人に」という6文字の見出しには含まれていたのである。念のため、その見出しをクリックし、さらに詳細を読むと、その通りであり、なんと把瑠都の方に土がついたということも書かれていた。

それにしても、このクイズのような見出しは、ニュースの供給元である、新聞社特有の表現なのであろう。もちろん記事スペースの制約から生まれたものだが、分かりにくいとか不親切ということを超えて、私は妙な納得を電車の中で覚えたのであった。

一見、情報がないように見えても、実はこのように情報に富んでいることがある。例えば、『便りがないのは、いい便り』のように、「ない」というそのこと自体に、実は情報が含まれている。

人と人とのコミュニケーションにおいて、伝える内容は、簡単で分かりやすい方がいいかというと、あながちそうとも言えないのではないかと私は思っている。もちろん、ひとりよがりの小難しいだけの文章ではコミュニケーションが取れないのは当然であるが、最近の何でも分かりやすく伝える、教えることを良しとする傾向は、人間に本来備っている「推測する力」、「想像する力」、「創造する力」を考慮に入れない方向性で、それが却って教育や放送文化などを貧相なものにしているのではないかと案じている。

私たちが生きていく過程で必要なのは、すでに分かりやすい形に加工されている情報を摂取し、頭を太らすことでなく、情報という形になっていない情報を、どのくらい自分の力で噛み砕き、吸収していくかということなのである。それは、うまく世の中を渡れる知識を手っ取り早く獲得することとは一線を画し、いかに自分が人間として、生き生きした時間を開拓するかということにつながっているのである。

さてさて、注目の魁皇はいよいよ13日目、横綱・白鵬との戦いを迎えた。一敗同士のその相撲は両者力を正面からぶつけ合う好相撲であったが、魁皇はとうとう力負けをしてしまった。堂々とした白鵬の横綱相撲だったとも言える。

そして、千秋楽まであと2日を残すのみとなったが、この文章の締め切りは、それを待ってくれない。残念ながら、ここでペンを置かなくてはならないのだ。

果たしてこの後、優勝は誰が成し遂げるのであろうか。双葉山の記録に再挑戦を始めひとまわり成長した白鵬か、動きのよさでのりにのっている平幕・豊ノ島か、はたまた、神さまと、生まれ故郷の九州の人たちに力を貰った魁皇か。結果は、すでに読者の皆さんの知っているとおりである。締め切りが迫っている今の私に、なんとか、その情報を未来から教えてもらうことはできないだろうか。

※２０１０年、この九州場所は、白鵬が十四勝一敗の成績で17度目の優勝を飾った。双葉山の69連勝への挑戦は果たせなかったが、見事な相撲の連続であった。豊ノ島は敢闘賞と技能賞を貰った。我らが魁皇は、十二勝三敗の立派な成績であった。その後、満身創痍の魁皇は翌年の２０１１年名古屋場所まで現役を続け、その場所７日目に、元・横綱千代の富士の記録を抜き、通算勝ち星史上単独一位となる１０４７勝目を挙げる。しかし、10日目を終わった時点で、引退を発表した。

「差」という情報

「差」という情報

朝、寒くて、着替えが辛い日々が続いている。

先日、横着をして、着替えを始める前に、これから着るワイシャツをオイルヒーターの上に乗せておいた。時々、やっている寒い朝対策である。皆さんも似たようなことをやっているのではないだろうか。暖房機メーカー側からすれば、看過ごしかねる使い方だろうが、ほんの数分程度のこと、しかも特別に寒い朝だけということで、お目こぼしをいただきたい。

それから歯を磨き、顔を洗い、下着、靴下、と流れ作業のように事を進める。今日は一時限目から学校で講義だ、急がなくては。ワイシャツが充分に暖まるには、まだちょっと早い気がするが、それは贅沢と言うもの、ほんの少しでも冷たさが緩くなってくれたらいいのだ。私は、オイルヒーターの上からワイシャツを取り、腕を通した。その時、何か妙な感じを受けた。

「濡れてる、このワイシャツの袖、濡れている……？」

顔を洗った際、腕に水滴が付いたのか、それともオイルヒーターの上が濡れていたのだろうか。

濡れていると思われる袖のあたりをじっと見た。しかし、濡れている様子はまったくない。念のため、オイルヒーターの上も触ってみた。暖かいだけで、そこもまったく濡れていなかった。そんなことをしている間に、袖の濡れている感じも失せていった。

一体、今の湿った感触、そして冷たいような感触は何だったのだろうか。私は、流れ作業を中断し、少し考え込んでしまった。濡れていると感じたのは確かである。でも、ワイシャツは、濡れているどころか湿ってさえいないのも確かであった。しかも、充分に暖まってはいなかったものの、いつもよりは確実に冷たくないはずである、何故、濡れて冷たく感じたのであろうか。

急いでいることも忘れて、先程、腕に感じた「濡れている……」という感触を頭の中でゆっくりと反芻させた。すると、俄かに、ある事が分かってきた。「温度差だ……、温度差が濡れているという感覚を引き起こしたんだ……」私は心の中で呟き、自分の発見に少なからぬ興奮を覚えた。

オイルヒーターの上にワイシャツを乗せる時、袖を拡げずクリーニング店で畳まれたままの形で置いたために、一枚のワイシャツの中に、暖まった箇所と冷たいままの箇所が、まだらに出来てしまったのである。そのため、袖に腕を通した時に、不規則な寒暖の分布を感じてしまったのである。そして、その温度差によって描かれた境界線は、部分的に濡れている布地を一瞬で想起させた。まさに、衣服の一部が濡れた時に起こる感触と全く同じであったのだ。

ここでとても興味深いのは、実際は水などで濡れた場合は、その箇所だけ温度が低くなるので、そのまだらな温度差の状態が起こるのであるが、この朝はオイルヒーターで暖められた箇所が生まれ、そこがプラスとなった分、比較として温度の変化が何もない箇所が、低くマイナスとして感じられたことである。結果として、それが元で濡れているという誤った認識が生まれたわけであるが、私には、それがとても面白く思われたのである。要は、温度「差」が、濡れているという「情報」をもたらしていたのである。ここで注目しなくてはならないのは、私がそう誤認してしまった根拠は、絶対的な温度ではなくて、相対的な温度差だったという事実である。

「あっ、遅刻してしまう！」

朝の一連の動きを止めていた私は、慌てて着替えという作業を再開したが、この何かと何かの「差」が何らかの情報を持つということが、その後も、いろんなことを想起させて、その都度、作業は止まるのであった。

大学では、理系の研究室に入ると、実験を毎日のようにさせられるが、その実験の結果について、先生から定石のように言われることがある。

「とにかく差を取れ、データの差を取れ。そこから何も出なかったら、さらにその差の差を取れ」と。差にこそ見えない情報が含まれることを教えてくれるのである。換言すれば、真理は「差」に宿るのである。卑近なことで、私たちの体重を例に挙げれば、先月との差で、痩せたのか太ったのかが分かるのである。さらに差の差を取ることで、最近、太り方が前より激しくなっているかどうかも分かるのである。

このように、実験の世界でも日常でも、ある事を知るために、私たちは意識的に「差」を取り続ける。

しかし、それ以前に、私たちは、生命体として生きるために、無意識にさまざまな「差」を取り続けている。動いたものが動いて見えるのも、移動前と後の位置の差を取っているからであるし、音の来た方向が分かるのも右耳と左耳に到達する音のわずかな時間差や大きさの差を取っているからである。しかし、無意識ゆえに、普段は自分が差を取り続けていることを忘れている。この朝は、そのことを思い知らされたのである。しかも、それと同時に、私たちは、「差」を優先するあまり現実を誤って捉えることがあることも知ってしまったのだ。

本当のことをさらに言い足すと、それを知った私は、自分の誤解に対して、なんと少し愉快になってしまっていた。自分たちの生命体としてのバグ（=能力的欠陥）を発見して愉快になるのはどうかと思うが、どういうわけか楽しかったのである。

アメリカの作家、ポール・オースターの活動に「ナショナル・ストーリー・プロジェクト」というものがある。本にもなっているが、元々はラジオ番組で、全米の聴取者から募った希有な体験や物語を、ポール・オースター自らが選び朗読するという内容であった。

その中に「ファミリー・クリスマス」という小作品がある。不況下のアメリカで起こった、とある極めて貧しい一家のクリスマスプレゼントの話（実話）である。

その一家は、クリスマスになっても、もちろんプレゼントなど誰も買う余力はなく、クリスマスイブの晩、沈んだ気持ちで寝床に入るのだが、翌朝、起きてみるとツリーの下にプレゼントの山を発見する。そのプレゼントの箱をひとつずつ開けた家族はみんな驚く。なんと中から出てきたのは、何カ月前かに失くしたショール（＝お母さんへのプレゼント）だったり、先月どこかに忘れたと思って諦めていた帽子（＝長男へのプレゼント）だったり、やはり失くなってしまっていたスリッパ（＝妹へのプレゼント）だったりして、家族中がプレゼントを貰うことになって、途中からは笑いで一杯になり、次の包みの紐もほどけないほど笑い転げたという。実は、その一家の末弟が、数カ月にもわたり、失くなっても騒がれないものをこつこつ隠していたわけなのだが、私は、こんなプレゼントもあるのだととても嬉しくなった。

プレゼントは今までの生活にプラスされるものである。マフラーも手袋もプレゼントされれば、その分、自分の生活に豊かさをもたらす。このプラスされた「差」こそがプレゼントなのである。では、一度、失くして諦めてもらえば、それが出てきた時感じる「差」は、やはりプレゼントと言えるだろう。しかも、無駄なお金もかからない上、絶対使ってもらえて、なによりも、その「差」には、どんなプレゼントもかなわない家族への思いが含まれていたのである。

オイルヒーターの暖かさを、逆に水の冷たさと誤解した私は、人間のバグを嘆くのではなく、また諦めるのでもなく、マイナスを逆にプラスにする人間の余地をそこに感じて、嬉しくなったのである。

その時

その時、私は築地本願寺の斜め前にあるビルの6階にいた。そこでは、昨秋から制作にとりかかった映像の完成試写が行われていた。

大型テレビの脇に私は陣取り、その試写会の進行と映像の解説をしていた。ひとつ目の試写が終わり、静かな興奮が残る中、ふたつ目の映像の試写を始めたその時、グラグラッと揺れ始めた。私は、それまで口を開いていた流れで、こう伝えた。「皆さん、揺れています。山本さん、映像を止めてください」

さらに揺れが俄かに大きくなっていくのを感じ、こう続けた。「皆さん、机の下に入ってください。時田さんは、ドアを開けっ放しにして」

それまで会を進行していた立場が、妙に自分に冷静さを生んでくれた。それから、自分もテーブルの下にもぐり、他の人と一緒に長く続く大きな揺れに耐えた。あまりの強さと長さに隣の若い女性が小さな悲鳴をあげる、よく見るとうずくまっている体のほとんどが外に出ている。私は彼女をテーブルの下に引っ張り込んだ。先月のニュージーランドのビルの倒壊が脳裏をかすめた。

揺れがようやく止んだ。「本願寺に避難しましょう」誰かが言った。非常階段を降り始めると、他の階の人たちとも合流し、通りに出ると大勢の会社員や下校途中の小学生たちのグループがいた。血相を変え、慌てて走って来る男の人がいて、どこに向かうのかと見たら、その小学生の一団のところに行って、みんなをしゃがませていた。学校から飛んで来た先生だったのだ。

境内に入ると、すでに多くの人が避難していた。本願寺のすぐそばに地下鉄の築地駅の出口があり、その利用者も避難して来ていたのである。携帯電話のワンセグ放送を見ていた人たちが口々に、東北の方だ、震源地は宮城の方だと話すのが聞こえてきた。私は、本願寺の脇にある自分の事務所のある別のビルを見た。そこには、デスクの女性が残っているはずである。7階建ての古い建物の一番上には大家さんのおばあさんが一人で住んでいる。私は、とても心配になった。電話をしてみると、やはり通じない。そんな時、拡声器からの声が聞こえた。振り向くと、本願寺の若いお坊さんがマイクを手にしていた。

「避難してきている皆さんにお伝えいたします。当本願寺は、公式には避難場所にはなっておりませんが、できる限りのことはしたいと思います。まずトイレの利用ですが、正面の門の左手に公衆トイレがありますので、それを自由にお使いください。大きな燈籠は崩れやすいので決して近づかないでください。それと本堂も、非常に古い建造物なので、とても危険です。本堂の左手の建物は、比較的、新しいものなので、今、そこを準備中です。これ以上、大きな被害が生じた場合は、浜離宮が指定の避難場所になっておりますので、その時は移動をお願いすることもあります」

落ち着いた声と誠意に安堵感が流れた。その後、本願寺は、帰宅できない人々を多く収容することとなり、数日後、その心ある対応を新聞各社が取り上げる。特に、避難者に振る舞った温かい野菜スープは心に沁みただけでなく、実においしくて胃にも沁みたとのことである。

「佐藤さん、コートを持って来ました」

振り返ると、事務所の女性がダウンコートを手に立っていた。彼女も避難して来ていたのだった。着の身着のまま出てきたので、寒空のもと、内心、参っていたところだった。助かった。その直後、遠くで、本願寺の人が折り畳み椅子を持って来るのが見えた。私は走り寄った。「妊婦がいるんです。優先的に、その椅子を貸していただけないでしょうか」「もちろんです、どうぞ」

実は、制作を共にしているスタッフのひとりに赤ちゃんができ、先程から、立っているのがつらくて、冷たいコンクリートの境内にぺたりと腰を降ろしているのが気になっていた。椅子に座らすと、次に、大家さんのおばあさんが気になった。意を決して、事務所のあるビルに向かった。最上階まで行き、おそるおそる半開きになっているドアから声をかけた。しばらくすると、「いやまあ、大変でしたねぇ」と大家さんが出てきた。聞くと、お皿や茶碗が飛び出て、割れて散在しているのを片付けているとのことで、大事がなく、安心した。それから、自分の事務所に戻り、テレビを一瞬つけると、津波に襲われている町が映し出されていた。津波に翻弄されている沖合の大型の船も見えた。その時、初めて、尋常ならざる災害が発生したことが分かった。

再度、本願寺に戻ると、境内にいた人々は、用意された暖かい屋内の避難スペースに入っていた。赤ちゃんがおなかにいるスタッフもソファに落ち着いているのを見て、私はやっと一息ついた。地震、大津波、お寺の境内、騒乱そして人々の助け合い……それらに対して、私には、強く思い出すものがあった。

1854年、江戸時代の末期。ペリー提督に続き、ロシアからもプチャーチンという名の提督が皇帝ニコライ一世の命を受け、軍艦ディアナ号で来航した。日露和親条約締結のためである。しかし、プチャーチン一行は運悪く、停泊中の下田沖で、安政の東海大地震に遭遇する。マグニチュード8・4とも言われる大地震である。乗っていたその軍艦は、大津波に遭い、波に翻弄され42回もくるくる廻ったと言われている。当然、船は甚大な被害を受け、自力航行ができなくなり、その修理のために戸田村《へだ》という小さな漁村が選ばれた。戸田は、砂嘴《さし》という地形を持つ天然の良港であった。しかし、回航される途中今度は激しい嵐に遭い、戸田に入港することは叶わず、何百という小さな伝馬船《てんません》による曳航も虚しく、懸命な救助活動の末、乗組員は全員救出されたものの、ディアナ号は沈没してしまった。その後、プチャーチン一行五百八十名は、陸路を経て戸田に入った。一行は、主に戸田村の寺を宿泊所とした。突如として現れた、見たこともない大きな異人たちに村中が蜂の巣をつついたような騒ぎになったのは想像に難くない。そもそも、人口がまだ三千人足らずの村に五百人もの異人が登場したのだ。しかも、村自体も大きな被害を受けているはずである。しかし、村の人々は、遥か遠く故郷を離れた異国で遭難した人たちを総力を挙げ、助けた。

日本初の西洋式船は、その数ヵ月後、この戸田村で造られた。船を失ったプチャーチン提督と乗組員を祖国に帰すため、戸田の船大工たちは、力を合わせ、百トンもの船を建造した。乗組員の中に優秀な技師が数人おり、その指導を受けてのことだが、言葉や道具や技術の壁を乗り越え、見たこともない西洋式帆船を作り上げたのだ。
私は、津波のちょうど100年後、1954年にその戸田村に生まれた。

小さい頃から、プチャーチンのことは、事あるごとに聞かされた。しかも、プチャーチンが使っていた立派な銀の食器や、身のまわりのものも小学校に展示してあったので、自分が生まれる遥か前に、この小さな村に起こった歴史的な出来事を体感しつつ育ったのである。
私の家の菩提寺は宝泉寺と言い、ディアナ号の乗組員の宿泊所の中心であった。小さい頃、お盆などでその境内に上がると、この狭い床の上に、村の人たちから提供された布団を敷きつめ、大きな体が並んで寝ている姿を想像した。何を食べていたのだろう。駆り出された村の奥さんや娘たちが作る料理はどうだったのだろう。本願寺の野菜スープのように、心と胃に沁みたものだったら、よかったのだけれど。

私が生まれ育った100年後の戸田村そして伊豆は、地震の災害からはもちろんすっかり立ち直り、その破片さえ残っておらず、史実として書物や年配の方の語りで伝えられるだけであった。その時の災害は大変な出来事であったとは思うが、その後、残ったのは、災害の爪跡ではまったくなく、ロシアのプチャーチン提督以下乗組員のために、戸田の村の人々が為した助け合いから育まれた具体的な造船技術であった。戸田村の船大工、上田寅吉は、この地で実践を通じて習得した造船技術を日本全体の知見にすることを目的に長崎に行き、勝海舟と出会い、その後の日本造船の中心人物となっていく。

女性スタッフのおなかにいる赤ちゃんはこの震災を知らないで生まれる。当然、育つ過程では知ることになると思うが、その時、彼あるいは彼女が知るのが悲惨な事実だけでなく、それを乗り越えたことによって生まれた、何か具体的な希望があることを祈るばかりである。１００年後の戸田村の小学生たちが、この村から、日本の造船が始まったと知って誇らしげに感じたように。

歩きながら考える　——あとがきにかえて

本のはじめにも書いたように、ここに収められている文章は、雑誌・暮しの手帖に、２００７年１月から２０１１年５月まで連載した「考えの整とん」に、多少なりの筆を加えたものです。


その連載をする上で守っていたことがひとつあります。

それは、毎回毎回、強弱はあっても、必ず自分の心のどこかに引っかかってきた不明なものを見据えようということでした。そして、その不明なものを、この文章を書くことで少しでも明らかなものにしていこうと思ったのでした。

「面白い」という言葉は、本当のことが分かって、目の前が開けて明るくなるという語源を持っています。

暮しの手帖の編集長・松浦弥太郎さんが、「考えの整とん」について、こう言ってくれています。

『この文章には、ものごとの輪郭を辿っている面白さがあります。
突然ものごとの核心に行くのではなく、
その輪郭を歩きながら、
考えていることを文章にしているように感じます』

私は、松浦さんが言ってくれたように、不明なものの周りを何度もぐるぐるしながら、その中心になにがあるのか、近づこうとしました。私には、その過程自体がとても面白く、結論を出してから書くというより、書きながら、自分の考えを整理整頓していきました。
ここに載せた二十七篇の文章は、その歩いた過程です。

最後になりましたが、この書籍の装幀を引き受けてくれ、読みやすくも何か魅了されるデザインに仕上げてくれた松田行正さんとそのスタッフの方、一冊の本にするのに一緒に悩んでくれ適切な進め方をしてくれた編集部の村上薫さん、連載をずっと見守るように毎号引っ張ってきてくれた高野容子さん、連載をやりませんか、と申し込んでくれた菅原歩さん、そしていつも、鋭くも暖かい眼差しを注いでくれた松浦編集長、心から感謝いたします。

私の事務所では、私の周りには何故だか、不可解な出来事が起こってしまうと言われています。どこに行っても、そのような事に遭遇しがちに思われているようです。世の中は、よく見ると不可解なことに溢れていますし、自分では、誰でもこうかなとは思っていますが、ここは彼女たちの言い分を認めておいてもいいかなと思っています。なにせ、私に降りかかった出来事に最初に耳を傾けてくれるのは彼女たちなのですから。共に歩むように支えてくれた事務所の内野真澄さん、古別府泰子さん、やっと一冊にまとまりました。ありがとうございました。

これからも、暮しの手帖の連載「考えの整とん」は続けていきたいと思っています。私の周りで起こる、小さくも不可解な出来事がある限りは。機会があれば、時々、暮しの手帖を覗いてみてください。そして、その時、気が向いたら、また私と一緒に思考の散歩をしてみませんか。

二〇一一年九月　東京築地にて　　佐藤雅彦

初出一覧　　すべて『暮しの手帖』

「たくらみ」の共有	2007年1月	第26号
敵か味方か	2007年3月	第27号
おまわりさん10人に聞きました	2007年7月	第29号
～と、オルゴールは思い込み	2007年9月	第30号
物語を発現する力	2007年5月	第28号
中田のスルーパスと芦雪	2007年11月	第31号
もう一人の佐藤雅彦	2008年1月	第32号
想像料理法	2008年3月	第33号
広辞苑第三版　2157頁	2008年5月	第34号
この深さの付き合い	2008年7月	第35号
もうひとつの世界	2008年9月	第36号
ハプニング大歓迎	2008年11月	第37号
ものは勝手に無くならない	2009年1月	第38号
はじめての彫刻	2009年3月	第39号
見えない紐	2009年5月	第40号
ふるいの実験	2009年7月	第41号
言語のはじまり	2009年9月	第42号
無意識の引き算	2009年11月	第43号
小さな海	2010年1月	第44号
意味の切り替えスイッチ	2010年3月	第45号
船酔いしない方法	2010年5月	第46号
シラク・ド・ウチョテです	2010年7月	第47号
耳は口ほどにものを言い	2010年9月	第48号
板付きですか？	2010年11月	第49号
一敗は三人になりました	2011年1月	第50号
「差」という情報	2011年3月	第51号
その時	2011年5月	第52号

佐藤雅彦（さとう・まさひこ）
1954年 静岡県生まれ。東京大学教育学部卒。1999年 慶應義塾大学環境情報学部教授に招聘される。2006年より東京藝術大学大学院映像研究科教授、2021年 東京藝術大学名誉教授。
著書に、『経済ってそういうことだったのか会議』（共著・日本経済新聞社）、『毎月新聞』『新しい分かり方』（中央公論新社）ほか多数。またゲームソフト『I.Q』（ソニー・コンピュータエンタテインメント）や、慶應大学佐藤雅彦研究室の時代から手がける、NHK教育テレビ『ピタゴラスイッチ』、『考えるカラス』『テキシコー』の企画や、新しい映画の開拓など、分野を超えた独自の活動を続けている。
平成23年芸術選奨受賞、平成25年紫綬褒章受章。2014年、2018年、カンヌ国際映画祭短編部門正式招待上映。

イラスト・図版制作	石川将也	P031・047・083・113・133・156・186
	佐藤雅彦	P019・106・160・218
	内野真澄	P070
写真撮影	佐藤雅彦	P146・170・177・204・260
	石川将也	P088・105
	細谷宏昌	P190
	暮しの手帖 写真部	P036
バレリーナ	浦邉玖莉夢	P242
アシスタント	古別府泰子	
装画	佐藤雅彦	
	内野真澄	
装幀	松田行正＋山田知子	

ISBN 978-4-7660-0171-6 C0095

考えの整頓《とん》

二〇一一年十月二十八日 初版第一刷発行
二〇二五年四月 十二日 第八刷発行

著　者 佐藤雅彦
発行者 横山泰子
発行所 株式会社 暮しの手帖社
東京都千代田区内神田一ノ十三ノ一 三階
電　話 〇三―五二五九―六〇〇一
印刷所 株式会社 精興社

暮しの手帖社ウェブサイト https://www.kurashi-no-techo.co.jp/